拙者、妹がおりまして❸

馳月基矢

双葉文庫

目次

拙者、妹がおりまして③

第一話　悪い虫

一

軽く弾《はず》んだ息が白い。

夜明けを待つ頃、白瀧《しらたき》千紘《ちひろ》は矢島《やじま》龍治《りゅうじ》と共に、愛宕山《あたごやま》にたどり着いた。

「千紘さん、疲れてねえか？」

龍治が肩越しに千紘のほうを向いた。

坂道を並んで歩く二人の間は、普段よりも近い。千紘の肩が龍治の二の腕に触れることもある。

近寄らなければ、はぐれてしまいそうなのだ。愛宕山は、初日の出を待つ人々でにぎわっている。

千紘は龍治に微笑《ほほえ》んでみせた。

「平気です。このくらいではくたびれません」

「着物だけじゃなくて、下駄《げた》も新しくしたんだろう？　足は痛まないか？」

「何てことないわ。思いのほか、細かいところがありますよね、龍治さんって」

龍治はまじめくさって言った。

「剣客にとって、足は大事だからな。まめが潰れたり、鼻緒《はなお》ですれて傷ができたりするだけでも、力が出せなくなる。だから、足元はつい気にしてしまうんだよな」

千紘があつらえた下駄は、鼻緒がかわいらしい蜜柑色《みかんいろ》だ。その色を誉《ほ》めるでもなく、剣客云々《うんぬん》とは拍子抜《ひょうしぬ》けである。千紘も龍治のこういうところはきちんとわかっている。千紘は、あえてつんつんしてみせた。

「足を気にするだなんて、ちょっといやらしいんじゃないですか？　わたしは剣客ではなく、若い娘なのですよ」

龍治は噴き出した。

「千紘さんも色気づいたことを言うようになったもんだ」

「そんなに笑うことかしら？」

「いやいや、悪くねえよ。正月から艶《つや》っぽい話で笑うのは縁起がいいって言うしな。もう一声、艶のある話をしてもらってもいいくらいだぞ」

「もう、調子に乗らないでください」

膨《ふく》れたふりをしながら、千紘も結局、つられて笑い出した。

龍治がほっとしたように目元を和《やわ》らげた。

「ようやく機嫌が直ったな。千紘さんはやっぱり笑ってるほうがいいよ」

「わたしだって、いつでも楽しい気分でいたいけれど。わたしの機嫌が悪かったのは、兄上さまのせいですから」

屋敷を出る前に、兄の勇実《いさみ》とひと悶着《もんちゃく》あった。喧嘩《けんか》をしたわけではない。勇実がだらだらとして布団から出てこなかったので、千紘がすっかりむくれてしまったのだ。

まだ冷たい夜気の中を歩いてくる間じゅう、龍治は千紘をなだめ、あれこれとおもしろおかしく話をしてくれた。おかげで千紘もようやく軽口を叩けるくらいの気分になったのだ。

いや、龍治には言えないが、千紘が強張《こわば》った顔をしていたのには、もう一つ別のわけもある。

勇実が起きてこなかったせいで、龍治と二人きりになってしまった。千紘も龍治も新しい着物をおろし、普段よりきちんとした格好をしている。こういうときの龍治は、もとより整った顔立ちが、なお秀《ひい》でて見える。

暗い中、すぐ隣を歩いている龍治のことが妙に気になって、千紘はつっけんどんな言葉を口にしてしまった。ぷいとそっぽを向いたりもした。

だが、龍治はいつもと変わらぬ様子だった。人懐《ひとなつ》っこい犬が尻尾《しっぽ》を振って現れたときなど、一緒にぴょんぴょん飛び回って遊んでやっていた。そんな姿を見ているうちに、千紘の心も解きほぐされた。

愛宕山で初日の出を拝《おが》むのは、千紘も龍治も初めてだ。

たいへんなにぎわいである。料理茶屋は、年越しのこの日ばかりは夜通し開いている。酒や餅《もち》を売る屋台も出ている。醤油《しょうゆ》のたれの香ばしい匂いがするのは、何を焼いているのだろうか。

千紘はぐるりとあたりを見渡した。

「どこから見るのがいいのかしら、初日の出」

「見晴らしがいいところは、人混みがすごいだろう。そういうのは避けて、ちょっと静かなところを探そうぜ」

「あら、いつもにぎやかな龍治さんらしくありませんね」

「俺だって、厳《おごそ》かな気分で年明けの時を迎えたいんだよ。けじめってもんがあるだろう。今日は……今日こそは、潮時《しおどき》だと思うんだ」

　ふと龍治がまじめな目をした。

　見つめられて、千紘は、そっと息を呑《の》んだ。

「潮時、ですか？」

「ああ。きちんと話をしたいんだ。千紘さんと」

　千紘は、胸がどきりと鳴るのを聞いた。すうっとまわりのざわめきが遠ざかった気がした。まるで、ここにいるのが千紘と龍治の二人だけであるかのように、不思議な静けさに包まれたのだ。

　と思ったが、次の瞬間、その静寂はあっさりと破られた。

　声を張り上げて龍治の名を呼ぶ人がいる。

「おおい、龍さん！　そこにいるのは龍さんだろう。こっち来ねえか？」

　龍治は声のしたほうを向いて、うわあ、と声を漏らした。

「あいつら……」

　宴《うたげ》をしている若者の一団である。龍治に声を掛けた一人は席を立ち、伸び上がって手を振っている。ほかの若者たちも手を挙げて合図など送ってくる。

　千紘は龍治に尋ねた。

「近所の剣術道場の連中だよ。たまにそっちの道場に遊びに行ったり、一緒に酒を飲んだりするんだけど。わざわざ足を延ばして愛宕山まで来たってのに、まさかあいつらと会うなんて」

「お知り合いですか？」

「お友達なんですね。あいさつをしてきたらいかがです？」

龍治は盛大にため息をついた。

「ああ、そうする。千紘さん、ちょっとここで待っててくれ。はぐれたら大変だから、動かないでくれよ」

「はいはい。行ってらっしゃい」

龍治は身軽に駆けていった。千紘はその後ろ姿を見送って、何となく、少し寂しい気持ちになった。

千紘がもうちょっと幼《おさな》かったら、一緒に連れていけと龍治に言えただろう。四つ年上の龍治は、実の兄である勇実よりも面倒見がよく、千紘のわがままをよく聞いてくれた。

そんなことを考えながら、ぼんやりしていたかもしれない。

どん、と後ろからぶつかられた。千紘はあわや転びそうになった。

「きゃっ」

思わず声が出る。

すんでのところで助かったのは、誰かが横合いから抱き寄せるようにして、千紘の体を支えたからだ。

「危ないね。気をつけないといけませんよ、お嬢さん」

低く柔らかな声が千紘の頭の上に降ってきた。千紘を支えているのは、背の高い男であるらしい。上等そうな濃紺《のうこん》の着物からは、何かよい香りがしている。

「ありがとうございます」

顔を上げてお礼を言い、千紘は、ほうと目を見張った。それはそれは甘い顔立ちをした男が、千紘に優しく微笑みかけていた。

男は、侍の出《い》で立《た》ちではない。お店者《たなもの》にも見えない。職人だろうか、それとも役者だろうか。右目のところに泣きぼくろがある。唇《くちびる》の形が抜群によい。

うっかり見惚《みと》れてしまった千紘は、はっと我に返った。

「ごめんなさい、ご迷惑をおかけしました」

千紘はきちんと両の足で立ち、男から離れようとした。

「怪我《けが》はありませんか？」

「はい、平気です。あの、お手を離していただいてけっこうですから」

何気なく首を巡らせた龍治が、千紘のほうを見た。龍治は顔を引きつらせた。と思うと、すごい勢いで飛んできた。

「千紘さん、何やってんだよ！　誰なんだ、そいつは！」

男はようやく千紘から手を離し、龍治を見下ろした。

「これは失礼。お嬢さんが人に押されて転びそうになったので、手を貸して支えてあげただけですよ。思い違いなどなさらないでください」

「思い違いだ？」

「連れの殿方がおられるお嬢さんに、手など出しませんよ。けれど、こんなにかわいらしいお嬢さんをほっぽり出していかれるのは、感心しませんねえ。不用心ですよ」

「何だと？」

龍治は男を睨《にら》みつけた。

男は、三十に手が届くかどうかといったところだろう。髷《まげ》や着物はいくらか緩《ゆる》く崩してあって、わざと隙《すき》を見せているのが艶っぽい。匂い立つような色気というものは、本当にあるのだ。

一方の龍治は、年が明けて二十二になった大の大人だが、そうとは思えないほどに幼顔で小柄だ。十八になった千紘と並んでも、おっつかっつの年頃のように見えてしまう。

からかいの笑みが男の頬《ほお》に浮かんでいる。龍治に少々凄《すご》まれても、どこ吹く風だ。龍治のことを殿方などと言ってはみせたものの、その実、子供相手だと思っているのかもしれない。

千紘は、まわりの目が気になって仕方がなかった。一人の娘を間に挟んで、男が二人、対峙《たいじ》しているのだ。一体これは何事かと、興味津々《きょうみしんしん》で探られているのを感じる。

こういうときに兄上さまがいれば、と千紘は思ってしまった。頼りない兄だが、いないよりはましだ。

すでにあたりは薄明るくなっている。東の空の低いところ、海のすぐ上にうっすらとかかった雲が、まもなく昇る朝日を浴びて白く輝いている。

龍治の友達だという若者たちが、笑いながらこちらへやって来た。どうやら酒に酔っているようで、物言いには遠慮というものがなかった。

「そちらが噂《うわさ》の千紘ちゃんかい？　妹みたいなもんだって、龍さん言ってただろう？　妹の面倒は、ちゃんと見てやれよ」

わいわいと囃《はや》し立てられ、龍治は顔を赤くして「うるさい！」と怒鳴った。若者たちは、げらげらと笑っている。

男は、おもしろがる様子で目を丸くしてみせた。

「おやおや。妹、ですか」

龍治は一瞬、答えに詰まった。だが、啖呵《たんか》を切るように勢いよく言い返した。

「ああ、妹みたいなもんなんだ。きょうだいみたいにして育った幼馴染《おさなな じ》みだからな」

「なるほど、幼馴染みですか。いえ、手前はてっきり、お二人で初日の出を拝みにいらしているのだから、何か特別な間柄なのかと思ったのですが」

探りを入れるような男の言葉に、若者たちは手を叩き、さらにやかましく囃し立てる。

龍治はすっかり頭に血が上《のぼ》ってしまったようだ。

「あんたに関わりのあることじゃねえだろうが！　勝手な詮索《せんさく》なんかしやがって、下世話なんだよ！」

千紘は龍治を見やった。いや、睨んだ、かもしれない。

「そんなに怒らなくてもいいでしょう？　お相手が妹のようなわたしだから、龍治さんは不満なのよね？」

愛宕山に来るまでの道すがら、そしてここに着いてからも、千紘はこっそり胸をときめかせていたというのに、結局それも台無しだ。千紘との仲を勘繰《かんぐ》られ冷やかされるだけで、利《き》かん気な子供のように怒ってしまうなんて。

千紘はぽつりとつぶやいた。

「龍治さんの馬鹿」

千紘に膨れっ面《つら》をされ、龍治は何とも言えない顔をした。

「いや、ちょっと待ってくれ。あのな……」

龍治の口から弁解の言葉が出てくるよりも先に、人々のざわめきがあたりに広がった。千紘も龍治も、人々が指差すほうへと向き直った。

朝日が海から顔をのぞかせた。

薄雲の向こうで淡《あわ》くにじみながら、日が昇っていく。海が明るく照らされる。できては消える無数の波が、きらきらと絶え間《たま》なく輝いている。

文政《ぶんせい》五年（一八二二）の始まりの朝である。

千紘は膨れっ面のまま、初日の出を拝んだ。

白瀧勇実は、めったにないことに、起こされる前から目を覚ましていた。もっと言えば、昨夜はほとんど眠っていない。どうも寝つけなかったのだ。あれこれ考え事をしているうちに、妹の千紘が起き出す物音を聞いた。

千紘は勇実を布団ごと揺さぶって、大きな声を上げた。

「兄上さま、初日の出！　愛宕山に行こうと、龍治さんに誘ってもらったではありませんか！　めったに遠出なんかしないんだから、たまには張り切ってみようじゃないかって。早く起きてください！」

外はまだ暗い。夜着《よぎ》にくるまっていてさえ、冷え込んでいるのがわかった。

白瀧家の屋敷は本所相生町《ほんじょあいおいちょう》にある。愛宕山までは一里半（約六キロ）をゆうに超えるから、いささか遠い。今まで、初日の出を拝むためにそんなところまで出掛けたことはなかった。

思い返せば、父の源三郎《げんざぶろう》も、勇実と同じように出不精《でぶしょう》なところがあった。その源三郎が最後に見た初日の出は四年前だ。勇実が二十、千紘が十四になった年だった。

あのとき、勇実は寝過ごしてしまい、一人で屋敷に残っていた。千紘や源三郎や、隣に住む矢島家の皆は、連れ立ってどこへ出掛けたのだったか。すっかり明るくなった中を帰ってきた千紘が、勇実の怠《なま》けっぷりを叱《しか》ったものだった。

父と一緒に年明けを迎えるのはあれが最後になるとわかっていたら、日の出の前に必ず起きたのに。今さら悔《く》いても詮《せん》なきことだが、勇実は時おり、ふと思い出してしまう。

未練にじりじりと胸を焼かれつつ、勇実は、あえて寝坊助《ねぼすけ》のふりをした。

「元旦《がんたん》に愛宕山なんかに行ったら、人が多いだろう。眠いし寒いし、私は屋敷で待っているよ」

「ええっ、兄上さまも一緒に行くと言ったではありませんか！」

「言ったかな？　とにかく、私のぶんまでしっかり初日の出を拝んできてくれ。頼んだぞ、千紘」

いい加減なことを言う勇実に、千紘はぷりぷりして出ていった。屋敷のすぐ外で、龍治が待っていたようだ。千紘が怒り、龍治がなだめ、女中のお吉《きち》が二人を見送る声が聞こえた。

勇実は夜着を頭まですっぽりかぶって、盛大なため息をついた。

「友を取るか、妹を取るか、といったところか。難題だな」

十日ほど前に龍治がぽつりとこぼした言葉が、勇実の頭にずっと残っていた。それは、龍治の父の与一郎《よいちろう》が師範を務《つと》める剣術道場で、門下生が総出で餅つきをした日のことだ。

龍治は門下生たちの真ん中にいて、いちばん騒いでいた。千紘もそのそばであれこれ指図をしたり餅を返したり、くるくると働いていた。勇実はちょっと離れたところでのんびりしながら、呼ばれれば手伝いに行きもした。

その大にぎわいのさなか、龍治が、喉《のど》が渇いたと言って輪から外れ、勇実のところにやって来た。龍治は汗を拭《ふ》きながら、不意に真剣な目をして千紘を見やった。そしてつぶやいた。

「千紘さんと二人で話したいと思っちゃいるんだがな」

白瀧家が本所に越してきたのは、勇実が十一の頃だった。父の源三郎が勘定《かんじょう》所《しょ》の勤めを辞して小普請《こぶしん》入りしたためだ。母はその一年前に儚《はかな》くなっていた。新しい屋敷と境を接していたのが、剣術道場を営《いとな》む矢島家だ。龍治はその頃、九つだった。

五つだった千紘は頑是《がんぜ》なく、おてんばでもあって、勇実や源三郎や女中のお吉の手に余った。龍治の母である珠代《たまよ》が見かねて、我が子を慈《いつく》しむように千紘の世話をしてくれた。龍治もよく千紘にかまってやっていた。

無役となった源三郎は、矢島家の離れを借りて手習所《てならいじょ》を開いた。勇実も龍治も、源三郎の手習所と与一郎の道場で毎日を過ごした。

勇実と千紘と龍治は、きょうだい同然に育った幼馴染みである。龍治にとっての千紘は、血のつながりこそないが妹のようなものだろうと、勇実は思っていた。

龍治の秘めた本心を知ったのは、ほんの最近のことだ。龍治が千紘に向ける気持ちは、きょうだいの情ではなく、色恋の想いであるのだと。

いつになく真摯《しんし》な目をして、龍治は、千紘の兄である勇実に告げた。千紘を泣かせたくないのだ、と。千紘のことをちゃんと考えてくれているのかと勇実が問えば、龍治は力強くうなずいた。

しかし、勇実と龍治の間でそういうやり取りを交《か》わしたものの、餅つきの日にはまだ何事も起こっていないようだった。

それもそのはずで、師範代の龍治は日がな一日、道場で門下生に囲まれて木刀を振るっている。千紘は千紘で忙しく、外を飛び回っていることも多い。だから、都合をつけて場を設《もう》けなければ、龍治が千紘とゆっくり話すことなどできないのだ。

ならば、場を設けてやろうか、と勇実は考えた。

そういうわけで、初日の出を拝むために遠出をすることになった未明、勇実はあえて布団から動かなかった。勇実が寝坊助で寒がりで出不精なのは周知のことだから、千紘も訝《いぶか》しまなかったようだ。

千紘が龍治のことをどう思っているのか、勇実にはよくわからない。好いてはいるだろう。が、その好いた気持ちが色恋のそれであるかどうか、はっきりしない。

何より、今年で十八の妹が誰かに嫁《とつ》いでもおかしくないということが、勇実はまだうまく呑み込めずにいる。相手が龍治だからいいのか悪いのか、そのあたりも何とも言いようがない。

悶々《もんもん》としているうちに、朝が始まる気配が外から伝わってきた。女中のお吉はもう働き始めている。還暦《かんれき》をいくつか過ぎているが、寒い朝でもお吉は元気だ。

お吉が台所で立ち働く音を聞きながら、勇実はうとうとと眠りに落ちた。

二

一刻（約二時間）ばかり経《た》った頃、勇実はお吉に起こされた。

「坊ちゃま、矢島のお屋敷にいらしてくださいと、お呼びが掛かりましたよ。何でも、同心《どうしん》の岡本《おかもと》さまが急な知らせを持ってこられたとかで」

「岡本さまが？　年明け早々、何があったんだろう？」

「さあ、どんなご用件でしょうね。何にせよ、急いでくださいまし。目明《めあ》かしの山蔵《やまぞう》親分が勝手口までお見えですよ」

勇実は呻《うめ》きながら無理やり体を起こした。千紘たちはまだ戻っていないらしい。お吉が用意してくれた、ほどよく冷ました茶を飲み干して、勇実はのろのろと身支度を整えた。

表に出ると、お吉の言うとおり、目明かしの山蔵が勇実を待っていた。

「起こしちまって、申し訳ありやせん」

「いえ、ぐうたらしてばかりではいけないと、日頃から千紘にも叱られてばかりですから。山蔵親分は、正月気分にも浸《ひた》っていられないようですね」

山蔵はぴしゃりと額《ひたい》を叩いた。

「年賀のあいさつが吹っ飛んでおりやした。いや、家が蕎麦屋《そばや》なもんで、大晦日《おおみそか》のための蕎麦打ちにてんてこ舞いしたばかりだってぇのに。勇実先生、明けましておめでとうございやす」

きっちりと頭を下げる山蔵に、勇実も応じた。

「明けましておめでとうございます。今年もどうぞよろしくお願いしますね」

「へい。あっしらは今年も勇実先生たちにお世話になっちまうでしょうが、お見捨てなきよう。あっしらも、何かあればお力になりやすんで」

「頼りにしていますよ。しかし、山蔵親分、ずいぶんお疲れのようですね。目明かしの仕事も立て込んでいたんでしょう。ゆうべ、寝ておられないのでは？」

山蔵の目の下にはげっそりとした隈《くま》がある。気苦労が多いためか、三十代半ばという年頃よりも老《ふ》けて見える山蔵だが、今朝はなおのこと、疲れが顔に出ている。

「大晦日だ初日の出だと、はしゃぐ連中もおりやすからね。喧嘩だの物取りだの、てんやわんやでさあ。あっしも、休む間もなく駆り出されておりやして。ところで、千紘お嬢さんはお出掛けですかい？」

「それこそ初日の出を拝みに、愛宕山まで行っていますよ。龍治さんと一緒に」

「こりゃあ驚いた。勇実先生はご一緒じゃなかったんで？　千紘お嬢さんと龍治先生を二人きりで行かせたんですかい？　もしや、龍治先生にそうしてくれと頼まれたとか？」

いかにも目明かしらしく、ぐいぐいと切り込んでくる山蔵に、勇実はちょっとたじろいだ。

「いや、その、頼まれてはいないんですが」

「つまり、気を利かせたわけですか。勇実先生もお人好《ひとよ》しだ。いくら相手が龍治先生であろうと、大事な妹御を取られるのは癪《しゃく》でしょう。気に食わんことは気に食わんと、はねつけてしまやぁいいんですよ」

「気に食わないとは思っていないつもりです。龍治さんのことは、私も昔からよく知っているわけですし」

「でも、心配でしょう？」

「それはまあ、そうなんですが……山蔵親分、なぜそんなに鋭いんです？　龍治さんには、この話は自分でけじめをつけるから何も言わないでくれと、そういうふうにお願いされているんですが」

山蔵は呆《あき》れ顔をした。

「道場の門下生なら、とっくの昔にみんな気づいてまさあ。もちろん、与一郎先生も奥さまもですよ。龍治先生と千紘お嬢さんの祝言《しゅうげん》がいつ頃になるか、賭《か》けている連中もいるくらいです」

「そうだったんですか？　千紘のやつは何も察していないようだし、龍治さんだって飄々《ひょうひょう》としているし」

勇実は、かゆくもない頰を搔《か》いた。こういう話はどうにも据《す》わりが悪い。

にやりと笑った山蔵は、矢島家のほうを指差した。

「ま、その話はおいおいということでさあね。何にせよ、大事な話があるんです。あっしらはちょいと立て込んでいるんで、千紘お嬢さんらが帰ってくる前ですが、勇実先生と与一郎先生にお話しさせていただきやすよ」

「わかりました。行きましょうか」

白瀧家と矢島家の境には垣根《かきね》が設けられているが、木戸はずいぶん前に壊れ、開きっぱなしになっている。両家の間を行き来するのに、誰も断りなど入れない。

矢島家の座敷には、師範の与一郎と目明かしの山蔵だけでなく、北町奉行所《きたまちぶぎょうしょ》の定町廻《じょうまちまわ》り同心《どうしん》である岡本達之進《たつのしん》がいた。

与一郎は、さほど背は高くないが、頑強な体つきをしている。その凄《すさ》まじい剣術の腕を頼って、捕物《とりもの》の助っ人に呼ばれることもしばしばだ。山蔵ももとはごろつきだったが、与一郎に打ち負かされて悔い改め、今は目明かしを務めるまでになった。

岡本は四十を超えているものの、細身の体軀《たいく》に小粋《こいき》な着こなしのためか、張りのある声のおかげか、本当の年よりもずっと若々しい。からりとした気性の切れ者で通っており、人気が高い。

年明けのあいさつを形ばかり済ませると、岡本は用件を切り出した。

「不甲斐《ふがい》ないことなんだが、年の瀬に皆の手を借りて捕らえた下手人《げしゅにん》が、牢《ろう》を出てしまった」

勇実は息を吞んだ。

「真のお七《しち》と私たちが呼んでいた、あの男ですか？」

女だけを狙う女盗人《おんなぬすっと》が、昨年、世間を騒がせていた。月の明るい夜、竪川《たてかわ》や神田川《かんだがわ》、あるいは水路のそばの、人通りの少ないところに出没する女盗人である。

ぞっとするほど美しい娘が、狙った獲物から金品を奪い、息の根を止める。殺しの手口は、刀で刺すか、川や水路に投げ込むか。いずれにしても、容赦《ようしゃ》のない手口だった。

件《くだん》の女盗人に狙われて生きながらえたのは、今までに二人だけだ。刺されたが運よく命を拾った女と、女に扮して盗人を誘い出した龍治である。

龍治が囮《おとり》になって引き寄せ、勇実や与一郎が手伝い、岡本や山蔵たちが捕り方を引き連れて囲い込んで、ようやく女盗人を捕らえた。その正体は、女の着物をまとった若い男だった。

岡本は告げた。

「お七の本当の名は、吉三郎《きちさぶろう》という。年は十九。むろん、れっきとした男だ。化粧をせずとも、女の美人にしか見えんような、線が細くてきれいな顔をしているがな」

勇実は岡本に疑問をぶつけた。

「岡本さまは、吉三郎が牢から出てしまったとおっしゃいましたが、どういうことです？　吉三郎は逃げたのですか？」

苦り切った顔の岡本は、かぶりを振った。

「いや、そうやすやすと逃がしはせん。やつは自力で逃げるつもりだったようだがな。牢名主《ろうなぬし》や牢番に色仕掛けで取り入ろうとしていたんだ。汚い手だろうが何だろうが、平気で使いやがる。きれいな顔をしているが、本当にとんでもないやつだ」

「自力で逃げたわけではないのでしたら、吉三郎はどうやって牢から出たんです？」

「はっきりとはわからん。裏で何かがあったことを、すべてが済んだ後に、俺も上役からいきなり聞かされた。あの下手人は町奉行所が手を出していい相手ではなかった、と」

「町奉行所が手出しできない相手？　もしや吉三郎は、きちんとした家柄の侍だったのですか？」

ご府内《ふない》のうち、町人地の治安を担《にな》うのが町奉行所の役割だ。町人地に住む浪人が狼藉《ろうぜき》を働くようなのは町奉行所が出張《でば》っていけるが、旗本《はたもと》や御家人《ごけにん》による罪を扱うことはできない。寺社で犯《おか》された罪も埒外《らちがい》だ。

岡本は、いわく言いがたい顔をしている。吉三郎の身柄を解き放ってしまったことについて、上役のやり方に納得していないのだろう。だが、立場上、その不満を表に出してはならないのだ。

山蔵が代わりに口を開いた。

「あっしが大急ぎで噂を集めて、探りを入れやした。吉三郎は、旗本の妾《めかけ》の子です。なかなか大した家柄のようで、おふくろさんが有無を言わせず吉三郎を引き取っちまったんだと思われやす。金もずいぶんばらまいたんでしょう」

岡本は、勇実と与一郎に頭を下げた。

「申し訳ない。危うい橋を渡ってもらって捕らえた罪人を、奉行所の手前勝手で解き放ってしまった」

勇実と与一郎は顔を見合わせた。与一郎は、そっと頭を振った。仕方あるまい、という意味だ。

与一郎は岡本に告げた。

「顔をお上げください。岡本さまのせいではありますまい」

「しかし、本当に不甲斐ない。吉三郎のような者は、ちょっと灸《きゅう》を据えられたくらいでおこないを改めるはずがないのだ。やつを外に出してはならなかった」

「やはり、岡本さまがそう感じられるほどの悪党でしたか。まともに裁《さば》きを受けるなら、死罪を免《まぬが》れなかったほどの」

「やつが罪に手を染めるようになって一年ほどだったというが、その間に幾人殺し、どれだけの金品を奪ったか。やつは楽しんでいた。殺すために殺し、奪うために奪っていた。侍の犯した罪であれ、切腹で済むはずがない。そのはずだったのだが」

岡本は歯噛《はが》みをした。

勇実は確かめた。

「よほどの大身旗本《たいしんはたもと》が後《うし》ろ盾《だて》についてしまったのですね。そして、すべてが揉《も》み消されてしまった」

岡本はうなずいた。

「吉三郎が今どこにいるのか、はっきりとはつかめんのだ。探ってはいるのだが、尻尾を出さん。やつは身をひそめながら、仕返しに来るかもしれん。最も危ういのは、矢島道場だろう。気をつけておいてほしい」

話を終えると、早々に岡本と山蔵は帰っていった。千紘や龍治にもくれぐれもよく伝えておいてくれ、と念を押してのことである。

あの捕物のとき、女に扮して囮になった龍治は、吉三郎に顔を見られている。逃亡を図《はか》った吉三郎を迎え撃って昏倒《こんとう》させたのは勇実だったから、勇実も一度ははっきりと顔を見られた。

「吉三郎が仕返しなど企《くわだ》てなければいいが」

勇実がつぶやいたのが、与一郎の耳にも届いたらしい。

「備《そな》えをしておくほうがよかろうな。道場の門下生にも伝えておこう。もしものときには手習所の筆子《ふでこ》らを守ってやらねばならん。むろん、何事も起こらんことを願うが」

「はい。将太《しょうた》や筆子たちにも一応、おかしな感じがする若い男を見掛けたら近寄るな、と言っておきましょう。いや、吉三郎はまた女に扮するかもしれないのか。薄気味が悪いな」

難しい顔でうなずいた与一郎は、はたと思い出した様子で勇実に問うた。

「勇実は、龍治たちと一緒に出掛けたのではなかったのだな」

「はい、ええ、まあ」

「龍治は千紘と二人で行ったのか。わざとそうしてやったのだろう？　とはいえ、龍治に頼まれたわけではあるまい」

与一郎も、先ほどの山蔵と同じようなことを言う。やはり、まわりは龍治の秘めた想いに気がついていたのだ。わかっていないのは、龍治自身と千紘、そして勇実だけだったらしい。

　勇実はため息交《ま》じりに言った。

「与一郎先生はどう思われますか？　その、あの二人の縁談のようなことなどは、ええと……」

「なるようになるだろう。放っておいて見守るしかない」

「そうでしょうか。あの、千紘ももう十八で、そういう年頃ですから、兄としては、いろいろ気にしておくべきなのかと思ってしまって」

「儂《わし》は、知らぬふりを通すぞ。千紘はもちろん、龍治のやつもなかなか利かん気だ。下手《へた》につついてへそを曲げられると、面倒なことになるだろうからな」

　勇実は半端にうなずいた。こういうとき、父が息子に対するのと、兄が妹に対するのでは、心の持ちようがきっと違うものだろう、と思う。

　朝餉《あさげ》をどうするか、お屠蘇《とそ》をどうするか、いや勇実は早く若水《わかみず》を汲《く》まねばならんだろう、などと話し始めたところで、表が急に騒がしくなった。勇実は、千紘と龍治の声を聞き分けた。ほかにも幾人か、一緒にいるようだ。

　勇実と与一郎が矢島家の屋敷を出ると、大騒ぎの一団はすでに庭に入り込んでいた。赤い顔で酔っ払った様子の若者たちだ。

龍治は若者たちの中につかまっている。すっかりご機嫌斜めの様子で、肩に腕を回す若者を今にも投げ飛ばしそうだ。いや、龍治もまわりの者たちも、晴れ着を土で汚している。すでに揉み合って転げ回ったのかもしれない。

千紘はちょっと離れたところから、わあわあとやかましい若者たちを眺《なが》めている。千紘がくすくす笑いながら話し掛ける相手は、見知らぬ背の高い男だ。年の頃は三十かそこらだろう。

役者のような色男だ、と勇実は思った。しかし、何者だろうか。

「千紘、そちらは？」

勇実の問いに、男はそつのない様子で名乗った。

「時五郎《じごろう》と申します。傘《かさ》売りなどしている者ですよ。あなたが兄上さまですね」

見知らぬ年上らしき男から、兄上さまなどといきなり呼ばれ、勇実はのけぞった。

「おっしゃるとおり、私は千紘の兄ですが」

「今日は千紘さんとずっとご一緒させていただいております。とても楽しい時を過ごしておりますし、兄上さまにもごあいさつできて光栄です」

時五郎なる男はにこやかで、今にも千紘の肩を抱きそうなほど、千紘に近寄っている。千紘もそれを許しているというのが、勇実の胸をざわつかせる。千紘もにこにこしてみせている。が、その笑顔はどことなく棘《とげ》があるように、勇実には感じられた。

「時五郎さんがいらしたおかげで、今日はとても楽しゅうございました」

勇実は、朋輩《ほうばい》らしき若者たちからもみくちゃにされている龍治を見やった。

龍治は勇実と目が合うと、何とも言えないしかめっ面をした。拝むように手を立ててみせたのは、千紘に妙な男を近づけてしまったことへのお詫《わ》びか。それとも、勇実がわざと寝坊したことに気づいていて、本意が果たせなかったと言いたいのか。

時五郎は嫌味もなく、与一郎にもあいさつをした。矢島家の老女中のお光《みつ》が表に出てくると、またにこやかに頭を下げる。気味が悪いほどに愛想《あいそ》がいい男だ。

勇実の目から見てさえ、時五郎のまなざしは絡みつくように色っぽかった。泣きぼくろのせいだろうか。人の顔のどこにほくろがあるかなど、今まで気にも留めたことがなかったのに、時五郎の目元は妙に人の注意を惹《ひ》きつける。

千紘が時五郎と親しいそぶりをするのは、龍治への当てつけなのかもしれない。だが一方で、千紘は本当に時五郎に心を動かされているのではないか、という恐れも鎌首《かまくび》をもたげてくる。

勇実は時五郎の素性《すじよう》を問いただそうと思った。が、龍治が連れてきた若者たちにつかまった。知った顔があったのだ。

「よう、勇実さん！　源三郎先生の跡を継《つ》いで手習所の師匠をやっているんだってな。近くに住んでいても、とんと会わなかったよなあ。元気にしていたか？」

いかにも酔っ払いらしい調子外れの大声を上げながら、引き締まった体軀の男が勇実にまとわりついてきた。源三郎の手習所に通っていた、確か御家人の三男坊だ。

「篠原左馬之進《しのはらさまのしん》さんか？」

「覚えていてくれたか！　再会を祝して飲もうぜ！」

「もう十分酔っているようだが」

「愛宕山からはるばる歩いてくるうちに酔いが醒《さ》めた。飲み直すぞ」

左馬之進は勇実の一つ年下、龍治の一つ年上だ。手習所で机を並べていた頃は、割とおとなしい子供だった。一時はひどいにきび面だったのが、今やすっかり治っている。だらしなく着崩しているが、よく鍛《きた》えられた体つきがうかがえた。

見れば、騒いでいる若者たち皆が左馬之進と同じような体つきである。おかげで、さすがの龍治も、そう簡単には若者たちの腕から抜け出せずにいる。

与一郎は若者たちのことを知っているらしい。勇実に耳打ちした。

「この近くにある道場の連中だ。龍治はそれなりに親しくしているようだが、しかし、やかましゅうてならんな」

左馬之進がいきなり手を挙げ、大声を張り上げた。

「与一郎先生、俺との勝負を受けてください！　三が日の勝負事は縁起がよいと言いますから！」

「断る。剣術の試合ならば、それなりの手順を踏め」

「それでは、剣術じゃなければいいんでしょうか？」

左馬之進は言うが早いか、羽織《はおり》を脱ぎ散らし、刀を鞘《さや》ごと腰から外した。裸足《はだし》になると、両脚を開いて腰を落とし、四股《しこ》を踏む。相撲《すもう》の勝負を仕掛けようというのだ。

若者たちから歓声が上がる。龍治は額を押さえた。

勇実は与一郎の顔をうかがった。

「どうするんですか？」

与一郎はにやりとした。龍治の顔立ちは母親似で、与一郎とはあまり似ていない。が、にやりと得意げな笑い方をすると、どこか面影《おもかげ》が重なる。

与一郎は重々しく言い放った。

「よかろう。互いに素手で試合をしようか。三が日の勝負事は、勝てば幸先がよいし、負ければ厄落《やくお》としになると言うからな」

ひときわ大きな歓声が上がる。

左馬之進は、与一郎に突進してきた。

与一郎は腰を落として左馬之進を受け止めた。と思うと、次の瞬間には左馬之進は土の上に転がっていた。突進の勢いを活《い》かして投げたようだが、あまりに鮮《あざ》やかで、何が起こったのか目で追えないほどだった。

土をつけられた左馬之進は目を白黒させたが、ぱっと起き上がった。

「もう一番、お願いします！」

威勢はいいが、与一郎に再びひょいとあしらわれて倒れ込む。

おもしろがった若者たちが次々に羽織を脱いで刀を置き、与一郎に向かってくる。与一郎は、後ろから来られようが二人がかりで攻められようが、ものともせずに捌《さば》いていく。

あっという間に、庭には汚れた晴れ着の若者たちが累々《るいるい》と転がった。

げんなりした顔の龍治に、与一郎はにやりとして問うた。

「おまえは向かってこんのか？」

「誰がやるかよ。相撲で親父に勝てるもんか」

龍治は体が細く、背丈も与一郎に届かない。身の軽さを活かした龍治の剣術は油断できない手強さだが、相撲は分が悪すぎる。

勇実も、力比べでは与一郎に勝つ自信がない。ましてや相撲の立ち回りなど、無茶だ。転がされている若者たちと同じく、たちまちのうちに投げられて終わるだろう。

龍治の母の珠代が屋敷から出てきた。あまりの大騒ぎに、さすがにたまりかねた様子だ。

「年明け早々、何の大騒ぎをしているのですか！　騒いでいるのは龍治だけかと思えば、あなた、何をしてらっしゃるの！」

珠代は千紘よりも小柄で、今でも娘のようなかわいらしさのある美しい人だが、肝《きも》が据わっており、怒ると怖い。

剣術では向かうところ敵なしの与一郎も、珠代には弱い。与一郎は首をすくめた。龍治も気まずそうに、今さらながら着物の埃《ほこり》を払っている。

珠代は呆れ顔で、庭に転がる一同を見渡した。

「お酒はほどほどになさいな。そのだらしない格好のままでは帰れないでしょう。まずは酔いを醒ますことです。皆のぶんもまとめて、福茶《ふくちゃ》を淹《い》れましょう。おなかが減っているなら、お雑煮《ぞうに》でもお出ししましょうか」

どうにか体を起こした面々が、雑煮と聞いて歓声を上げた。再びお祭り騒ぎである。

福茶は、年明けの初めに家長《かちょう》が汲んだ若水で淹れる茶だ。甲州梅《こうしゅううめ》と大豆《だいず》と山椒《さんしょう》を若水に入れ、煮出して作る。雑煮も、若水でこしらえるものだ。

矢島家は道場を営んでいる上、目明かしと組んで捕物に出張ることもあり、付き合いが広い。年明けから何だかんだと来客が多いので、振る舞い用の福茶や雑煮をたくさんこしらえているのだ。

千紘は着物の袖《そで》をまくった。

「おばさま、わたしも手伝います」

その隣で時五郎も手を挙げた。

「では、手前も。力仕事もあるでしょう。男手があるほうがよいのではありませんかね」

勇実は眉間《みけん》に皺《しわ》を寄せた。与一郎も珠代もかすかに顔をしかめたが、千紘は平然としていた。

「まあ、心強いこと。おばさま、時五郎さんにもお手伝いしてもらえることはないかしら」

千紘が認めているのならば、といった様子で、珠代はうなずいた。小柄な珠代や老《お》いた女中のお光では手が足りず、道場の門下生が手伝うことはままあるのだ。

珠代に続いて千紘と時五郎が台所に向かうのを、龍治は恨《うら》めしげな目で見送った。

勇実は龍治のところへ行って、尋ねた。

「何があったのか、教えてもらえるかな」

龍治は肩を落としてうなずいた。

「そうだな。ちょっと、俺も愚痴《ぐち》の一つや二つ、言ってもいいよな。俺の部屋に来てくれ」

「ああ。こちらも、まじめな話がある」

この大騒ぎのせいで忘れかけていたが、真のお七と吉三郎が牢から出たことを、龍治にも伝えておかねばならない。

龍治は道場の脇部屋に住み着いている。

手狭だが、ほどよく整い、ほどよく散らかっていて、居心地がいい部屋だ。布団と長持《ながもち》、いくらかの書物、碁盤《ごばん》。壁には刀掛けがしつらえてあり、さまざまな長さの木刀が置かれている。床の間には一振《ひとふり》だけ、鋼《はがね》でできた短刀がある。

龍治は腰に差していた木刀の大小を刀掛けに戻すと、へたり込んでしまった。心身共に疲れ切ったらしい。

勇実は先に用件を切り出した。

「さっき、定町廻り同心の岡本さまと山蔵親分が知らせに来たんだが、龍治さんが捕らえた盗人のお七が牢を出たそうだ」

お七の名を聞いて、龍治は、はっと顔を引き締めた。

「女に扮していた、あいつか?」

「ああ。本当の名は吉三郎というらしい。吉三郎が解き放たれたことは、岡本さまにとっても寝耳に水で、上役から突然告げられたそうだ。山蔵親分が調べたところ、吉三郎は大身旗本の子で、その力が働いたようだということだった」

「今、吉三郎の居所は？」

「つかめないそうだ。仕返しに来るかもしれないから気をつけてほしい、と岡本さまからの言伝《ことづて》だよ。龍治さんがいちばん恨まれていてもおかしくない」

「勇実さんもだろう。あいつはいきなり短刀でぐさりとやろうとしてきたが、俺だって小太刀術《こだちじゅつ》は得意だからな、真正面から勝負を仕掛けてやった。あいつが俺の前から逃げ出したところをきっちり仕留めたのは、勇実さんだ」

「それはそうだが、吉三郎は、やはり私よりも龍治さんの顔をしっかり覚えているんじゃないかな」

　龍治は床の間の短刀を見やった。涼やかで凛《りん》とした姿を持つ短刀だ。あの短刀で、龍治は、幾人もを殺《あや》めた吉三郎と渡り合ったのだ。

「でも、あのときの俺の顔を覚えていたとしても、普段のこの俺にたどり着くか？　あのときは俺も女の格好をして、かなりの厚化粧だっただろう」

「厚化粧だとは感じなかったが、ずいぶん違って見えたのは間違いないな」

「そうだろう？　まともに顔を見られた勇実さんや、山蔵親分たち捕り方の連中のほうが危ういと思う。何にせよ、気をつけるに越したことはないな。千紘さんにも伝えとかねえと……」

千紘の名を出した途端、龍治はうなだれた。

勇実は単刀直入に切り込んだ。

「思いもかけなかった出来事が起こったようだが、どうなっているんだ？」

「もう、さんざんだよ。千紘さんとはろくに話ができなかった。一世一代の、と思ったらさ、やっぱり段取りってもんがあるだろう？　初日の出を拝みながらと考えていたんだ。その前に二段構えの邪魔が入った」

勇実は、ほっとした気持ちを隠して言った。

「左馬之進さんと一緒にいた人たちは、この近くの道場の門下生だと聞いた」

「ああ。愛宕山に繰り出して、年越しの宴をしていたらしい」

「千紘のそばにいた、時五郎という男は？」

「よくわからねえ。俺が左馬さんたちのところに呼ばれたほんのちょっとの隙に、いつの間にか千紘さんに声を掛けていやがったんだ」

「千紘はずいぶん親しそうにしていたな」

「俺への当てこすりだよ。俺が千紘さんを怒らせちまったせいだ。あの時五郎ってやつはそこにつけ込んで、千紘さんとべたべたしやがった」

　勇実はため息をついた。

「時五郎という男が変なやつでなければいいが」

「変なやつだよ。いくら喧嘩していても、男連れの娘に声を掛けるか？」

「よほど自信があるんだろう」

「俺も舐められたもんだぜ」

　道場の表から声がした。噂をすれば影と言うが、まさしく、話題の人である時五郎がやって来たのだ。

「龍治さんと兄上さま、千紘さんがお呼びですよ」

　勇実と龍治は顔を見合わせた。

　龍治は毒づいた。

「男相手にも猫撫《ねこな》で声かよ。節操《せっそう》ねえな」

「どうするんだ？」

　龍治は立ち上がった。

「行くさ。千紘さんに呼ばれてるんだから。腹も減っているしな」

「ああ、確かに腹は減っているな」

　表に出ると、餅を焼く香ばしい匂いがしていた。時五郎が前掛け姿でにこにこしているのを、勇実も龍治も、なるたけ目に映《うつ》さないようにした。

三

千紘は三が日を過ぎてから、井手口《いでぐち》家の離れに住まう百登枝《もとえ》のところへ年賀のあいさつに行った。本当は元日のうちに訪れるつもりだった。しかし、元日は百登枝の具合が思わしくないようだったので、先延ばしにしていたのだ。

百登枝は、自分の住まいの一部屋で、女の子たちのための手習所を開いている。千紘も百登枝の筆子だった。自分の手習いがあらかた身についてからは、百登枝の手伝いをして、筆子たちに読み書きやそろばんを教えている。

六十半ばの百登枝は、だんだんと体が利かなくなってきている。風邪《かぜ》をひきやすくなり、ずいぶん痩《や》せてしまった。手指の震えが気になるようで、字を書きたがらない。臥《ふ》せった姿を見られたくないからと、お見舞いは断られてしまう。

千紘の住む屋敷は本所相生町にあり、井手口家の屋敷は両国橋《りょうごくばし》の東詰からすぐのところにある。ごく近いので、千紘は毎日こっそり井手口家の勝手口を訪れ、百登枝の様子をうかがっていた。

今日、久方ぶりに、百登枝は起きられたようだ。師匠の体調を気にしていたのは千紘だけではなかった。千紘が百登枝とおしゃべりをしているうちに、年頃も家柄もさまざまな筆子や元筆子が次々と訪れ、離れはにわかに、にぎやかになった。

その帰り道のことだ。

「やあ、千紘さん。お出掛けでしたか」

声を掛けられて振り向くと、時五郎がいた。前を歩く千紘に気づいて追い掛けてきた、という様子だ。

時五郎は寒さが気にならないのか、広めに開いた襟《えり》から、くっきりとした鎖骨《さこつ》をのぞかせている。そのごつごつした形や、首の途中に尖《とが》った喉仏《のどぼとけ》に、千紘は妙に目を惹かれてしまった。慌《あわ》ててうつむく。

「お世話になっているかたのところへ、年賀のあいさつに行ってきたところです。時五郎さんは、この近くにご用でも？」

「ご用といえばご用ですが。千紘さんの顔が見たいと思いまして」

恥ずかしげもなくさらりと言って、時五郎は、袂《たもと》から布の包みを取り出した。

上等そうな布の中から出てきたのは、銀細工の簪《かんざし》だった。すみれの花が極めて細かく浮き彫りにされている。小さな花の一つひとつはむろんのこと、葉や茎《くき》もまた、一切の手抜きをせずに形づくられている。

時五郎が、うっ、と妙な声を上げた。

「どうかしましたか？」

千紘が小首をかしげると、ちらりと慌てた顔をした時五郎は、笑ってごまかした。

「いえ、何でもありません。何でもないんです。ねえ、千紘さん。この簪、見事なものでしょう？」

「ええ。そうですね。とてもきれいです」

「見事な細工でしょう。日本橋瀬戸物町《にほんばしせともののちょう》の端にある小間物屋《こまものや》で、運がよければ手に入るんです。水吉《みずきち》という職人が手掛けたものなんですがね、水吉はこんなふうに、とても細かな花を彫るんですよ」

時五郎は千紘の髪にそっと触れた。千紘はびっくりして目を丸くした。時五郎は甘やかに微笑みながら、千紘の髪に簪を挿《さ》した。

「あの、時五郎さん、この簪は……」

「差し上げますよ。思ったとおりです。千紘さんに似合いますね」

時五郎は蜜のような笑みを浮かべている。泣きぼくろが、なぜか目を惹いてやまない。千紘は気まずくなってきて、顔を背《そむ》けた。

「値打ち物なのでしょう、この簪。申し訳ないわ」

「水吉の評判はここのところ鰻上《うなぎのぼ》りですが、まださほどの高値はつけられていないのですよ。その点はお気になさらず」

「でも、わたし……」

「美しいおなごは、それにふさわしい装《よそお》いをしてこそです」

歯の浮くようなというのは、こういう台詞《せりふ》のことだろうか。千紘は落ち着かない気持ちになった。胸がざわざわと騒いでいる。

いつの間にか、千紘は時五郎と肩を並べて、屋敷への道を歩いていた。時五郎の着物からは、今日もまたよい香りがする。

「千紘さん、これから少しお茶でも飲みませんか？」

「あの、ごめんなさい。今日はちょっと」

「何かご用でも？」

「ええ。兄たちと出掛けることにしているんです。去年のうちから約束をしていたことがあって」

「ああ、お出掛けなんですね。それは残念。どちらに行かれるんです？」

「柳原土手《やなぎはらどて》の古着屋さんで、ちょっと気の利いた着物を探しましょうということになっています」

「なるほど。よい買い物ができるといいですね」

時五郎は千紘を白瀧家の屋敷の門前まで送ると、にこやかに去っていった。

尾花琢馬《おばなたくま》は、あらかじめ言っていたのよりも早めに白瀧家を訪れた。きっちりとした羽織袴《はおりはかま》姿で、髪もほつれ毛ひとつない。

「本年もよろしくお願いいたします」

背筋の伸びたあいさつをするので、勇実は慌ててしまった。あたふたと年賀の口上を述べると、面《おもて》を上げた琢馬は柔らかに微笑んだ。

「堅苦しいのはここまでにしましょう。まだ松の内だというのに、勘定所で集まりがありましてね。上役の遠山《とおやま》さまはそういったことを省《はぶ》いておしまいになるので、思いがけず早く帰れたわけですが」

琢馬は、年が明けて二十九になった。勇実や龍治とは打ち解けて言動が気さくになってきたが、勘定所においては切れ者で通っているらしい。上役の遠山左衛《さえ》門尉景晋《もんのじょうかげみち》にも、ずいぶん重用されているようだ。

勇実の父の源三郎も昔、勘定所に勤めていた。琢馬の父は源三郎と知己であったようだ。源三郎が勘定所を辞したのは、勇実がまだ十一の頃だったので、当時の父の仕事について細かなことは覚えていない。ただ、ひどく忙しそうではあった。

遠山の名を出されて、勇実は少し身構えた。

「お役所勤めは、松の内から大変そうですね」

「ええ。何かと面倒です。遠山さまが勇実さんに、よろしくとおっしゃっていましたよ。お年玉など贈っては気に病《や》むだろうから何も出せぬが、と冗談も交《まじ》えておられましたね。本当は会ってみたくてたまらないのでしょう」

遠山は勘定所にはびこる悪弊《あくへい》を一掃《いっそう》したいらしい。能吏《のうり》を集めようとして目に留まったのが、かつて支配勘定《しはいかんじょう》であった白瀧源三郎なる男の仕事ぶりだった。

源三郎は、雑然と積み置かれていた勘定所の書類を、きちんと仕分けて整えていた。これによって、過去の例に当たるときなど、大幅に仕事の手間が省けるようになった。

これほどの能吏ならば今からでも再び採用したい、と遠山は思ったそうだ。しかし、すでに源三郎は亡い。そこでお鉢《はち》が回ってきたのが、子の勇実である。遠山は勇実のことを調べ上げ、この者ならばと踏んで、琢馬を通じて声を掛けてきた。

今のところ、勇実は手習所の師匠であり続けることを選んでいる。いや、選んだと言えるのかどうかは曖昧《あいまい》なところだが、筆子たちを放り出して勘定所へ行くことはできない。この点だけを琢馬に伝え、答えを出すのを先延ばしにしている。

勇実にとって、今の暮らしは十分に満ち足りている。遠山に見出《みいだ》されれば出世は約束されていると琢馬は言うが、そもそも出世というものは幸せなことなのだろうか。勇実はつい、そんなふうに考えてしまうのだ。

遠山の名を出されて勇実が困っているのを、琢馬も察したようだ。

「そんな顔をしないでくださいよ。勇実さんに嫌われたら、遠山さまは悲しまれます」

「嫌ってなどおりませんよ。お会いしたこともない人を嫌うだなんて」

「遠山さまが勇実さんに興味をお持ちなのは、勘定所のお役の件だけではないのですよ。勇実さんは唐土《もろこし》の書物を読み漁《あさ》っているでしょう。あちらの文物《ぶんぶつ》にも詳しい。遠山さまも唐物通《からものつう》ですから、そういった話をなさりたいようです」

勇実は、手習所の師匠のほかに、写本を作る仕事もしている。得意とするのは、唐土の史書を読み解くための注釈書だ。扱う題目《だいもく》がかなり小難しい部類に入るので、誰でもできる仕事ではない。

遠山はかつて昌平坂《しょうへいざか》学問所で甲科筆頭《こうかひっとう》で及第するほどの優《すぐ》れた学者だった。その才を政《まつりごと》に活かすべく買われ、松前《まつまえ》やら長崎《ながさき》やらに奉行として駆り出され、異国とも渡り合ってきた。二年ほど前に勘定奉行に抜擢《ばってき》され、辣腕《らつわん》を振るっている。

稀《まれ》に見るほどの遠山の大出世のことを聞くたびに、勇実は少し気の毒になる。遠山は、本当は学問所で史書などを読んでいるのが楽しかったのではないのか。有能な上役として遠山を信奉《しんぽう》する琢馬の前では、そんなことは口に出せないが。

「ちょっと込み入った歴史の話を、ということなら、私も遠山さまとお会いしてみたいと思っていますがね」

勇実が言うと、琢馬は嬉しそうにうなずいた。

「お伝えしておきますよ」

「ええ。私などがご期待に添えるかわかりませんが」

ところで、と琢馬が話を変えた。

「着替えさせてもらってもいいですか」

琢馬は小者を連れていた。普段は気楽にふらりと一人で出歩くことが多いが、年賀のあいさつとなると、いつもどおりというわけにいかなかったようだ。とはいえ、小者に持たせた挟箱《はさみばこ》の中身は、勘定所勤めのお堅い侍らしからぬものだった。

「着替えでしたら、奥の部屋を使ってください。あまり派手な格好をされると、私が困りますけれども」

「ご心配なく。年甲斐もなく、そこまで派手にはできませんよ」

これから琢馬と一緒に古着を買いに行く約束である。松の内から店が開いているのかと問えば、せっかちなたちの商人は元日にごろごろしているだけで落ち着かなくなり、翌日から店を開けてしまうのだという。

琢馬が贔屓《ひいき》にしている店もせっかちなくちだ。小者を先にやって、後で琢馬が友を連れていく、と伝えてきたそうだ。

誰の手も借りずに手早く着替えてきた琢馬は、髪もすでに崩していた。遊び人風の着流し姿である。一見すれば地味だが、羽織や帯の裏地には華《はな》やかな蝶《ちょう》の刺《し》繍《しゅう》がのぞいているし、ちらりと見える半襟《はんえり》もまた渋色《しぶいろ》の花が咲き乱れている。

いつぞやも蝶と花の模様だったな、と勇実は思い出した。琢馬はそうした華やかな意匠《いしょう》を好むらしい。しかも、琢馬はいつも、着物に麝香《じゃこう》の香りをまとっているのだ。真似できんなあ、と勇実は思う。

勇実と琢馬で火鉢《ひばち》を囲んで、とりとめもなく話をしているうちに、千紘が帰ってきた。百登枝のところに年賀のあいさつに行ってきたのだ。

「あら、尾花さま。もういらしていたのですね」

千紘の頰や鼻の頭が赤くなっている。日は差しているが、風が冷たかったのだろう。

琢馬は柔らかに微笑んだ。

「明けましておめでとうございます。お邪魔していましたよ。おや、千紘さん。洒落《しゃれ》た簪ですね。千紘さんの好みとは少し違っているように見えますが」

そうだろうか、と勇実は首をかしげた。千紘が日頃どんな簪を使っているか、まったく知らない。

千紘は困ったような顔でうなずいた。

「わたし、銀の簪は、自分では買いませんものね。色がついた簪や櫛《くし》が好きで、塗物《ぬりもの》を選びますもの。百登枝先生や筆子たちもそれを知っていて、何かの贈り物のときは、わたしの好みの品を選んでくれますし」

へえ、と勇実は感心した。琢馬は細かいところもよく見ている。千紘がちらりと勇実を睨んだのは、よほど間抜け面をしていたせいだろう。

千紘は銀の簪を引き抜いて、琢馬に差し出した。受け取った琢馬は、簪を目に近づけ、じっくりと眺めた。

「すみれの花ですか。ずいぶん細かく彫ってありますね。見事な細工だ。この簪、どなたに贈られたものなんです?」

「時五郎さんといって、つい先頃知り合いになった人です。あの、初日の出を見に愛宕山に行ったときに、たまたま出会ったのですけれど」

「声を掛けられたのですね。すてきなお嬢さん、ちょっと逢《あ》い引《び》きしませんかと」

千紘は気まずそうにうつむいた。

「そこまであからさまではありませんでしたけれど、初日の出を見た後、時五郎さんはここまでついてきたんです。龍治さんやそのお友達も一緒にいたのにですよ。やっぱり、ちょっとおかしい感じがしますか?」

「龍治さんもその場にいたのですか。それなら、普通はもう少し遠慮しそうなものですね。その男、侍ですか？」

「いえ。傘売りだと聞きました。天涯孤独の身で、だから人が好きなんだそうで、道場のにぎわいが楽しいと言って、たびたび見物に来るんです」

「矢島道場のほうにも顔を出すのですか？　侍ではない男が？」

「はい。初めて会った日から、毎日ここに来るんです。お話をしていると、心地のよい感じの人なんですよ。でも、いきなりこんな簪をいただいてしまうと、何というか……」

勇実はぽかんとして、千紘と琢馬のやり取りを眺めていた。琢馬が視線を送って水を向けてくるので、どうにか口を開く。

「ええと、千紘、あの時五郎さんという人は、そんなにしょっちゅうこのあたりに来ていたのか？」

「はい。龍治さんから聞いていません？　昨日も道場に来ていたんですよ。わたしは珠代おばさまのお手伝いで、お餅を焼いたりお茶を振る舞ったりしていたでしょう。時五郎さんも一緒に働いたり、剣術の立ち合いを眺めたりしていました」

ああ、と勇実は手を打った。昨日の夕刻、一緒に湯屋《ゆや》に行ったとき、龍治が妙に不機嫌だったのだ。時五郎が千紘にまとわりついていたせいだろう。

琢馬は、少し強い目をして千紘に尋ねた。

「おかしなことはされていませんよね？　その時五郎という男から受け取ったのは、この簪だけですね？」

千紘はしゅんとしている。

「何も、咎《とが》められるようなことはありません。簪も、面食らってしまって受け取ったけれど、お返ししようかと思っているところです」

「受け取るなとは言いませんよ。千紘さんは、明るい色の簪や櫛も似合いますが、この銀の簪も悪い品ではありません。でも、どうも引っ掛かりますよね」

琢馬から簪を返された千紘は、もう髪に挿さなかった。少し未練がましい様子で簪を見つめてから、布にくるんで袂に落とし込んだ。

いわく言いがたい沈黙は、すぐに破られた。

勝手口に珠代が姿を現した。

「支度ができましたよ。本当にわたしもご一緒していいのかしら？」

千紘の顔が、ぱっと明るくなった。

「おばさま、もちろんよ」

今日、龍治はどうしても都合がつかない。代わりにと言おうか、母の珠代が興味を示したので、千紘が誘ったのだ。琢馬も快諾《かいだく》した。

「では、まいりましょうか」

琢馬の案内で、一行は買い物に出掛けた。


神田川の南岸一帯は、柳原土手と呼ばれている。ここには古着屋が軒《のき》を連《つら》ねており、いつも人でにぎわっている。

古着といっても、ぴんからきりまである。冗談のように安い掘り出し物や、高貴な誰それが一度袖を通しただけの真新しく上質なもの、吉原《よしわら》から流れてきたという人気の品、羽織に袷《あわせ》に単衣《ひとえ》に襦袢《じゅばん》、褌《ふんどし》まで、品揃《しなぞろ》えは実にさまざまだ。

琢馬がかつて行きつけにしていたという古着屋はいくつかあるが、中でもここはどうだろうかと示したのは、柳原土手でも東の隅のほうにある店だった。石《いし》くま、という屋号である。お石《いし》とおくまという、針仕事の達人の姉妹が営んでいる。

「勇実さんには先ほど紹介したとおり、三が日さえ寝正月にできない、せっかちな店なんですよ」

琢馬は、お石とおくまの前で冗談めかして言った。

お石もおくまも、珠代と年が変わらないだろう。若くはないが、老いた印象はまるでない。働き者らしくきびきびとして、笑い方が明るいのだ。引き締まった濃い灰色の着物に、襟や帯裏、簪で鮮やかな色を差しているのが洒落ている。

ところ狭しと古着が並べられた店には、そこそこに客が入っていた。押し合いへし合いというほどの混み具合ではない。やはりまだ寝正月を送っている者も多いのだろうし、働き者はあいさつ回りが忙しいはずだ。

千紘と珠代はあれこれと相談しながら、さっさと着物探しを始めている。龍治のぶんの着物も選んでやるのだと、二人で張り切る声が聞こえた。

立ちん坊をしている勇実に、琢馬は笑いかけた。

「場違いなところに来てしまった、というような顔をしないでくださいよ。私が見繕《みつくろ》いますから」

「すべてお任せします」

「そんなことを言って、いいんですか？　勇実さんの顔立ちなら、一見派手そうな大柄でも、難なく着こなせるはずなんですよね」

くっきりと太い格子縞《こうしじま》が入った常磐色《ときわいろ》の給を、琢馬は手に取った。勇実は苦笑した。

「柄のあるものも色がついたものも、手を出したことがありません。どんな帯を合わせればよいのやら、見当もつきませんよ」

「思いのほか、何色でもいけそうですがね。ほら、勇実さんは無地の紺ももちろん似合いますが、やはり緑色の着物のほうが、顔が映《は》えますね。もっと言えば、紅色《べにいろ》や黄色や橙色《だいだいいろ》も似合いそうなんですよ。ちょっと着てみませんか？」

「いや、そんなに派手な色は……」

「そう言うと思いました。無理強《むりじ》いはしません。でも、覚えておいてくださいよ。黄味がかった明るい色が、勇実さんには似合います。千紘さんも同じですね。どんな贅沢《ぜいたく》も許されるのなら、金の簪が抜群に映えますよ」

滔々《とうとう》と語る琢馬に、勇実は感嘆《かんたん》した。

「琢馬さんは、なぜそんなことがわかるんです？」

「学びましたからね。勇実さんもご存じのとおり、私も昔は遊び人でした。あの頃、いかに粋に、かつ派手に装うかで頭を悩ませまして。ただ派手にしても、野暮《やぼ》ったくなるのですよ。自分に似合う色で遊ばなければ」

「なるほど」

「黄金色《こがねいろ》が好きなんですが、私がまとうと浮いてしまいます。だから、ほんの少しの差し色にしかできません。先ほど千紘さんに見せてもらった銀細工の簪ですがね、ああいうのは私に似合います」

「あの簪は女物ですよ」

「だからおもしろいんじゃないですか」

さも当たり前のように、琢馬は言った。

暖簾《のれん》をくぐる客がいる。背の高い男だ。何となく目を惹かれて男の顔を見るなり、勇実は息を呑んだ。

「時五郎さんだ」

勇実の視線を追い掛けた琢馬は、胡乱《うろん》な目つきをした。

「妙に金のかかった身なりをしていますね。傘売りと言っていましたっけ？」

「ええ。そう聞きました」

「職人には見えませんよ。それに、気味が悪いほどに艶っぽい男ですね。どうも嫌だなあ。悪い虫だ」

勇実も琢馬も体を低くして、長持の後ろに姿を隠している。時五郎は勇実たちに気づかない。

時五郎はまっすぐに千紘のほうへ向かっていった。千紘と珠代が、あら、と声を上げた。時五郎は悪びれることもなく、店に入るお二人の姿が見えたので、と告げている。

勇実と琢馬は隠れたまま、千紘と時五郎のやり取りを見張っていた。千紘も、先ほどの琢馬との話があった後だからか、時五郎に向ける笑みがぎこちない。

琢馬がぽつりと言った。

「千紘さんはしっかり者ですが、物腰が穏やかで優しい年上の男には、見る目が甘くなるところがあるような気がしますね」

「そういうのが千紘の好みなんでしょうか？」

「いいえ、そう言うつもりはありません。ただね、これはきっと勇実さんのせいですよ」

「私ですか？」

「勇実さんと私が似ているというわけではありませんがね、千紘さんは初めから私に対しても親切でした。何となく安心してしまうんじゃないでしょうか」

「物腰が穏やかで優しい、年上の男ですか」

「千紘さんにとって安心できる相手の像が、それなんですよ。好みとは別でしょう。千紘さんは武蔵坊弁慶《むさしぼうべんけい》が好きだと聞いたことがありますし」

時五郎は千紘に簪のことを問うている。布にくるんで袂に入れっぱなしにしたものだ。千紘は少し慌てて、汚したり落としたりしたくないだけ、と言い訳をしている。

千紘も人がいい。時五郎に対して嫌な感じがしているのなら、そうとはっきり言ってやればよいのに。

琢馬が勇実をつついた。

「止めに入ったらどうです？　妹にあまり近寄るな、と」

「ええ。そうしたいところなんですが、何をどう言ったものかと、あれこれ考えてしまって。琢馬さん、手伝ってくださいよ」

「それはいけません。ここで飛び出していっていいのは、勇実さんか龍治さんだけですよ」

勇実がうだうだと考えているうちに、時五郎は珠代にも丁寧《ていねい》にあいさつをして、着物をざっと見てから店を出ていった。

琢馬が、さっと立ち上がった。手にしていた着物を長持の上に放り出すと、勇実を引っ張って千紘のところに行く。

「今しがたの男が時五郎ですね」

千紘は曖昧な表情でうなずいた。

「ええ。どう思いました？」

「包み隠さずに言えば、たちの悪い遊び人だなと思いました。自分と同じ匂いがするからわかるんですよ。千紘さん、先ほどの銀の簪を私に預けてもらえますか？」

千紘は袂から簪を取り出した。細かに彫り込まれたすみれの花を、一瞬だけ、じっと見た。それから、簪を琢馬に差し出した。

「どうなさるんですか？」

「時五郎の素性を突き止めてきます。申し訳ありませんが、買い物はまた今度。お二人で屋敷に戻られてください」

琢馬は、千紘と珠代にそう告げると、勇実の背をぽんと叩いた。行きますよ、と告げられ、勇実はうなずいた。

背の高い時五郎は、人混みの中に紛《まぎ》れても見つけやすかった。もとより、歩き方がのんびりとしている。誰かに追われているなど、微塵《みじん》も感じていない様子だ。

四

新シ橋《あたらしばし》を渡って少し北へ行くと、越後国与板《えちごのくによいた》藩や肥前国平戸《ひぜんのくにひらど》藩、対馬府中《つしまふちゆう》藩などの江戸屋敷がある。周辺は武家地となっているが、時五郎は気兼ねなく歩いていった。そして、武家長屋の一室に入っていった。

「ここがあの男の住まいでしょうか？」

琢馬に訊《き》かれ、勇実はかぶりを振った。

「どこに住んでいるのか、聞いていません」

「しかし、あの男、侍でないことは確かですよね。立ち居振る舞いが、まったくもって侍らしくありません」

勇実と琢馬が立ち尽くしていると、背後から咳払《せきばら》いが聞こえた。

振り向けば、医者とおぼしき総髪《そうはつ》の男が立っていた。琢馬と同じくらいの年頃だろう。黒い十徳《じつとく》を身にまとい、小さめの薬箱と、もう一つ別の木箱を手にしている。正月早々、仕事帰りのようだった。

医者は困り顔をした。

「あなたがたは、あの時五郎という男のお知り合いですか？」

勇実と琢馬は顔を見合わせた。勇実が答えた。

「先頃、私の妹がちょっと知り合いになったらしいのです。あなたこそ、時五郎さんのことをご存じのようですが」

「拙者が世話をする病者《びょうしゃ》が、今しがた時五郎が入っていった部屋の隣に住んでおるのです。いえ、時五郎が入っていった部屋の旦那さまを看取《みと》ったのも、拙者でしたが」

「旦那さまを看取った？　話を整理していただけますか？」

医者は、失礼と言って、荒っぽく息をついた。時五郎のことで、むかっ腹を立てているらしい。

「見てのとおり、拙者は医者です。長崎で医術修業をして、このあたりで看板を掲《かか》げるようになったのが二年前。あの部屋の旦那さまは、拙者が江戸に来て初めて世話をした病者でした。たいへんよくしてもらったのですが」

「亡くなられたんですね」

「はい。あの部屋で看取りました。今、あの部屋には奥さまだけが住んでおられます」

「ですが、時五郎さんはあの部屋に……」

医者は忌々《いまいま》しげに足を踏み鳴らした。

「しっかりとした奥さまのはずが、心の隙につけ込まれたようですな。二月《ふたつき》ほど前からあの男が部屋に出入りするようになって、隣に住む病者が難儀しておりますよ。ああして昼も夜もなく部屋を訪れ、聞くに堪《た》えぬ声を聞かされるのだと」

一応、勇実は確かめた。

「聞くに堪えぬというのは、乱暴狼藉とか、そういった類《たぐい》ではありませんよね？」

「二人してひとときの極楽浄土《ごくらくじょうど》へ旅立ちおるだけです。拙者も運が悪ければあれを聞かされます。しかし、そのご様子では、時五郎と知己ではないというのはまことのようだ」

「知己であれば、何か？」

「止めていただこうと思ったのです。時五郎は恥ずかしげもなく、女に金を無心する。極楽云々だけではなく、そんなやり取りも、あの部屋から聞こえてくるのです。奥さまも奥さまだ。当たり前のように金を渡し、飯まで食わせてやるなど」

　琢馬は己の鼻をつんとつついた。

「ほらね。同じ匂いがすると言ったでしょう。昔は私もあんなふうでした」

「琢馬さんは悔い改めているじゃありませんか」

「今の勤めでしくじって居場所をなくしたら、腹を切らずに逃げ出して、あの暮らしに戻ると思いますよ。そうやって生きる才があるのです、私は」

　悪ぶってみせる琢馬に、勇実はしかめっ面をした。琢馬はおどけて、ちらりと舌を出した。大の男がそんなことをして、と思ったが、妙に似合うのだから男前は得だ。


　医者は、深堀藍斎《ふかほりらんさい》と名乗った。藍斎は、勇実と琢馬が時五郎の素性を探っていると知ると、ぜひ力を貸したいと申し出た。

　藍斎は、例の部屋の向かいの長屋に住んでいる。藍斎の部屋からは、時五郎が例の部屋に出入りする様子がよくうかがえるらしい。

　勇実と琢馬は医者の勧めに従い、部屋の三和土《たたき》に陣取《じんど》って時五郎を待ち伏せすることにした。

藍斎の部屋は薬の匂いがした。藍斎は蘭方医《らんぽうい》だが、ひととおりの漢方医術も身につけている。病者の求めに応じて、簡単な薬の処方くらいはできるのだ。

表の見張りは琢馬が買って出たので、勇実は手持ち無沙汰《ぶさた》になってしまい、藍斎の医術道具や医書を見せてもらって暇《ひま》を潰した。

藍斎は、苦い顔をして言った。

「あの部屋の奥さまには、恩義を感じているのです。長崎から戻ったばかりで得意先もなく、路頭に迷いそうなほど貧しかった拙者に目を掛けてくださった。旦那さまをお救いできなかったのに、拙者をねぎらって世話を焼いてくださった」

琢馬は、やれやれと頭を振った。

「女にたかる屑《くず》のような男は、面倒見のいい女を狙うものですよ。時五郎は武家の女が好みなんでしょうかね。だから、千紘さんや珠代さんにもすり寄るんです」

たっぷり一刻ほど経った頃、ついに時五郎が部屋から出てきた。

勇実と琢馬は藍斎に礼を言い、時五郎の後をつけた。

時五郎は北へ向かい、下谷《したや》のほうへと歩みを進めていく。そちらに根城《ねじろ》があるのだろうか。それとも、また別の女のもとへ行くのだろうか。下谷のあたりには御徒大縄地《おかちおおなわち》がある。つまり、ここもまた武家地である。

そろそろ日が落ちようとする頃だ。地に伸びる影が長い。夜の気配が近づいて、だんだんと風の冷たさが増してきた。

時五郎は、とある長屋の一室の前で足を止め、着物の乱れを直している。

「今しかない」

琢馬が言って、物陰から駆け出した。勇実も続く。時五郎との間合いを一気に詰める。

時五郎が戸に手を掛けたまさにその瞬間、勇実と琢馬は時五郎に追いついた。時五郎はびくりと体を強張らせる。

琢馬が時五郎の手をつかんだ。

「天涯孤独の身とうかがいましたが、こちらであなたの帰りを待っているのは、どなたなんです?」

時五郎は、ひっと小さな悲鳴を上げた。琢馬の手を振りほどこうとするが、琢馬はぴくりともしない。

部屋の中から声がした。

「時五郎さま?　おいでになったのですか?」

女の声だ。待ちきれずに男の名を呼んでしまうあたり、いじらしさを感じさせる。

時五郎が女に応《こた》えようとした。琢馬は素早く時五郎の口を手でふさいだ。部屋の中で、女が動く気配がある。琢馬は素早く、時五郎を物陰に引きずっていく。勇実もとっさに琢馬を手伝った。

部屋の戸が開いたときには、時五郎もろとも、勇実も琢馬も姿を消している。女はあたりを見回して首をかしげたことだろう。

時五郎を連れ込んだのは、路地の行き止まりだった。三方を板塀《いたべい》に囲まれている。板塀を背にしてへたり込んだ時五郎を、勇実と琢馬は見下ろした。

勇実は静かな声で言った。

「妹の千紘がお世話になっております。姿をお見掛けしたので、少しお話ししたくて追ってまいりました。ご無礼をお許しください」

自分は怒っているようだな、と勇実は感じた。声が低く硬い。これでは筆子たちが怯《おび》えてしまうだろう。

案の定、時五郎もびくびくした。

「お話、とは？」

千紘の前ではぺらぺらと、いくらでも話をするくせに、この体《てい》たらくである。泣きぼくろのある目元は、今にも泣き出しそうな歪《ゆが》み方をしている。

ああ、この顔にあてられる者がいるのだろうなと、勇実は冷静に考えた。

「兄として、妹がどのような男と付き合いを持っているか、やはり気になるのですよ。あなたはどうも、深い付き合いをする相手が多いようにうかがえたのですが、いかがでしょう？」

「深い付き合いですか？　いえ、それは、手前は寂しいのが嫌いですので……そう、すみれさんも寂しいのがお嫌いで、手前を呼んでくださるので、お断りするのもどうかと……」

琢馬は、時五郎の正面で身を屈《かが》めると、袂から銀細工の簪を取り出した。そして脅《おど》しつけるように、伝法《でんぽう》な物言いで時五郎に詰め寄った。

「すみれってぇのは、新シ橋の北の佐久間町《さくまちょう》四丁目の女のことか？　それとも、こっちの長屋の女かい？　いずれにせよ、千紘さんに贈った簪は、間違ったんだろう。ほかの女に贈るはずだった簪を、うっかり千紘さんの前で出しちまったわけだ」

簪の細工は、すみれの花を模したものだった。千紘には、銀はさほど似合わない。千紘の好みでもない。それを見抜けない時五郎ではあるまい。

千紘への贈り物としてはどこかちぐはぐだった銀の簪も、本当は別の誰かのためのものだというなら、納得がいく。

時五郎は、まなじりが切れそうなほどに目を見張った。息さえまともにできない様子だ。

琢馬は凄みを込めて、にたりと笑った。

「ほら、簪は返してやるよ。だが、二度と本所相生町に近寄るんじゃねえぞ。あんたみてえな男は、女を不幸せにする。次にまた目に留まったら、今度は見逃してやれねえな」

琢馬が振りかざした簪は、西日を浴びてきらりとした。刺されると思ったのだろう、時五郎は目を閉じて体を縮めた。琢馬は、時五郎の髷にすっと簪を挿した。

恐る恐る、時五郎が目を開け、顔を上げた。

「わかりました、わかりましたので……い、命だけはお助けを」

情けない声で懇願《こんがん》されると、勇実はかえって苛立《いらだ》ちが増すのを感じた。こんな男が千紘に近寄った。勇実も龍治もそばにいたのに、よほど舐めてかかっていたのだろう。千紘をうまく搦《から》め捕《と》って手籠《てご》めにできると思っていたのだ。

勇実は腰を落とした。

「時五郎さん」

「は、はい」

勇実は時五郎をまっすぐ見据《みす》えながら、告げた。

「二度と千紘に近づくな」

左手は、自分でも気づかぬうちに刀に触れていた。四本の指で鞘を握り、親指で鯉口《こいぐち》を切る。かすかな音の正体を、時五郎も察したのだろう。もはや命乞《いのちご》いの言葉も出てこない口を、ぱくぱくさせた。

琢馬が勇実の肩に手を載せた。

「脅しすぎですよ。この男の心の臓が止まってしまいます」

「ああ、これは失礼」

勇実は刀をきっちりと鞘に納《おさ》め、立ち上がった。琢馬も立ち上がって裾《すそ》を払った。

「よいものを見せてもらいましたよ、勇実さん。あなたも怒ることがあるのですね」

勇実は踵《きびす》を返した。

「そのようですね。これ以上怒れば何をするかわかりませんので、立ち去るとしましょう」

琢馬はくすくす笑って、勇実の隣に並ぶ。それから、はたと思い出した様子で肩越しに振り向いた。

「佐久間町四丁目の奥方から金の無心をするのもおやめなさいね。そういうことばかりしていると、いつか誰かに刺されますよ」

薄闇の中を、勇実と琢馬は連れ立って歩く。あちこちから漏れてくる明かりがある。空には冴《さ》え冴《ざ》えとした星が輝き始めた。

勇実は息をついた。白く凝《こ》った息は、ふわりとほどけて見えなくなる。

「久方ぶりに気が立ちました」

「まったく静かなままで怒りましたね。いちばん怖いですよ、あれは」

「からかわないでください」

勇実が渋面《じゅうめん》をこしらえると、琢馬は喉を鳴らして笑った。

「これで勇実さんも龍治さんも安心でしょう」

「そうですね。龍治さんもずいぶん腹を立てていましたから」

「私の借りは、これで少し軽くなったかな。私でお役に立てることがあれば、また呼んでくださいね」

遊び人のような格好をしていながら、琢馬はやはり品があるし頼もしい。

勇実は肩の力を抜いて、言った。

「では、またの機会に着物を見繕ってください。次は龍治さんも誘いましょう」

「いいですね。ついでに飲みに行くのはどうです？」

何となく、琢馬の顔が一瞬強張ったようにも見えた。拒《こば》まれることに怯えたように感じられた。

勇実は臆病《おくびょう》そうな顔など見なかったことにした。

「行きましょう。たまには、そういうのもいいですね」

神田川のほとりに出た。川から吹き上がってくる風は冷たい。

屋敷に帰れば、琢馬のぶんまで夕餉が用意されていることだろう。琢馬の都合が許すなら、酒を空けてもいい。今日の出来事を龍治にもゆっくり話したい。

びゅうっと冷たい風が吹いた。勇実と琢馬と、同時に身を震わせて首をすくめた。

駆け比べでもしませんか、と喉元まで出かかった。さすがに子供じみているだろう。自分たちが幼ければ、例えば筆子たちくらいの年頃なら、もっと屈託《くったく》なく打ち解けることができたのだろうかと思う。

暮《く》れ六《む》つ（午後六時頃）の鐘《かね》の音が聞こえてきた。

第二話　梅に鶯《うぐいす》

一

古着屋でにぎわう柳原土手の新シ橋のそばに、はんじろう屋という名の店がある。今は隠居している先代の名が半次郎《はんじろう》というのだ。商《あきな》いを始めた頃には洒落《しゃれ》た別の名があったが、覚えてもらえないので、はんじろう屋と名を改めたのだった。

はんじろう屋から南へ二町（約二百二十メートル）ばかり行ったあたりに、前《まえ》川屋《かわや》という質屋がある。今は四方を店に囲まれた豊島町《としまちょう》に建っているが、先々代が商いを始めた頃は外神田の南端に店があった。神田川の河岸《かし》が目の前に見える。前が川なので、前川屋である。

千紘と将太はこっそりと、はんじろう屋から前川屋まで、一人の娘の後をつけていた。はんじろう屋の娘で、名はおちよという。年は千紘たちより一つ下の十七だ。

着物を扱う店の娘だけあって、おちよの装《よそお》いは洒落ている。襟《えり》の色や袖《そで》からのぞく裏地の色、帯の結び方を、あえて左右で変えているようだ。簪《かんざし》の飾りは、端切《はぎ》れを使って作ったとおぼしき鶯《うぐいす》。春を告げる鳴き声は、人の多いこの界隈《かいわい》ではそもそも聞こえようはずもないが。

「このまま追い掛けて、それからどうするんだ？」

将太が千紘に問うた。が、その声が大きすぎる。千紘は将太の足を踏んづけた。

「しゃべらないでって言ったでしょう。あなたは内緒話に向いていないの。とにかく、黙ってついてきてちょうだい」

将太は、しゅんと背中を屈《かが》めた。

おちよを追い掛けているのは、人に頼まれたからだ。いや、後をつけろと言われたわけではない。自分をどう思っているのか探ってほしい、と頼まれた。しかしいきなりおちよに話し掛けるのもどうかと考え、結局、こうして追い掛けているのだ。

千紘と将太にそれを頼んだのは、二人の幼馴染《おさななじ》みである梅之助《うめのすけ》だった。前川屋の跡取り息子であり、もうすぐ番頭として独り立ちする。

梅之助は、子供の頃から妙に落ち着き払っていた。いつも穏やかに微笑《ほほえ》んで、静かな声で話すのだ。千紘と将太とは同い年だが、とてもそうは見えなかった。十八になった今は、梅之助の落ち着きぶりにも磨《みが》きがかかっている。ところが、その梅之助が珍しく眉間《みけん》に深い皺《しわ》を刻《きざ》み、千紘と将太に悩みを打ち明けた。それが、おちよの件だった。

梅之助はおちよに想いを寄せている。千紘は、いつになったら二人はくっつくのかと、やきもきしていた。ところが、梅之助はいまだに何も動きを起こしていなかったらしい。

御家人の子である大平《おおひら》将太は、江戸でひととおりの手習いを終えた後、京の都《みやこ》で学問をし、先年の冬に江戸に戻ってきた。梅之助と再会してから初めてこの恋について知り、俄然《がぜん》興味を持った。

梅之助は質屋の番頭見習いとして、穏やかな物腰ながら切れ者と呼ばれているらしい。が、このことについては、千紘と将太に根掘り葉掘り尋ねられても、何だかはっきりしない。

「これはきちんとしなけりゃいけねえな。俺たちがおまえの背中を押してやるよ」

将太がきっぱり言い切って、千紘も敢然《かんぜん》とうなずいた。梅之助はいつになく難しげな顔をしていたが、よろしく頼むと、ぽつりとつぶやいた。


おちよは、頬《ほお》と唇《くちびる》がふっくらとした、愛くるしい顔立ちの娘だ。黒い髪も白い肌もつやつやしており、晴れた日差しの下でおのずから輝いて見える。

「目をきらきらさせているわね、おちよさん。前川屋さんへのお遣《つか》いが嬉しくてたまらない、といった感じだわ」

おちよは、うっすらと頬を染めて先を急いでいる。千紘はともかく、飛び抜けて背が高く声も大きい将太は人混みの中でも目立って仕方がないのだが、おちよは気づきもしない。

古着屋と質屋の間柄なので、商いを通じた付き合いがあるのは自然なことだ。実は、梅之助はごく幼い頃から、愛くるしいおちよのことが好きだったという。

だからなおさら、千紘には解《げ》せない。

「お店同士の釣り合いもとれているようなのに、梅之助さん、何を悩む必要があるのかしら。おちよさんだって、あんなにうきうきしているのに」

「あの娘が梅之助に会うためにうきうきしているとは限らねえぞ」

「ああ、そういえばそうね。前川屋さんには、梅之助さんのほかにも男の人がいるものね。慎重にいかなきゃ。焦《あせ》って早合点《はやがてん》してはいけないわ」

閏《うるう》一月に入ったところだ。

近頃は風の冷たさも緩《ゆる》んできたようで、梅もずいぶん咲き乱れていると聞く。早咲きのものはもう盛りを過ぎただろう。

昼八つ（午後二時頃）過ぎである。千紘は百登枝の、将太は勇実の手習所での仕事を、今日は少し早めに切り上げてきた。日が暮れるまでにはまだ間がある。動けるだけ動いて成果を上げて、梅之助の背中を押してあげたい。

梅之助はいつもと変わらぬ様子で、前川屋の帳場にいた。

本来の番頭は竹吉《たけきち》といって、齢《よわい》四十ほどの男だが、まもなく暖簾《のれん》分けをしてよそに店を持つ。その後を担《にな》うのが、前川屋の跡取り息子の梅之助だ。年明けからは竹吉は補佐に回り、梅之助が筆頭番頭という形で店を回している。

店先の小僧がおちよに気づき、ぺこりとお辞儀をした。小僧は素早く店に引っ込んでいった。はんじろう屋さんがいらっしゃいました、と告げる小僧の高い声が、表まで聞こえた。

暖簾をくぐって出てきて、おちよに親しげな手招きをしたのは、がっしりと大柄な五十絡みの男だ。車引きの鯨助《げいすけ》といって、千紘たちが子供の頃から前川屋で働いていた。

質屋では、季節ごとの大きな荷を質草《しちぐさ》として預かる。例えば、夏場に冬の布団や炬燵《こたつ》はいらない。狭い長屋に住む人々は、部屋に置いておけないそれらを質屋に持っていく。いわば、蔵の代わりのような使い方だ。

鯨助が引く大八車《だいはちぐるま》は、そうした質草を運ぶのに欠かせない。質草を預けたり請《う》け出したりする季節が来ると、鯨助は一日じゅうひっきりなしに、前川屋と得意先とを行き来する。

おちよも鯨助と顔見知りのようだ。愛くるしい笑顔で鯨助に会釈《えしゃく》をすると、おちよは店の中へ入っていった。

前川屋は二人の小僧と七人の奉公人を抱えている、と梅之助が言っていた。千紘が知っているのは、店の表に出ている番頭や手代《てだい》や小僧と、いたりいなかったりする車引きの鯨助だけだ。蔵番《くらばん》はめったに姿を見ない。奥向きの女中もいるそうだ。

千紘と将太は物陰から出て、前川屋をのぞき込んだ。鯨助が、おや、と声を上げかけるのを、手振りで示して黙らせる。

鯨助の大きな体を盾《たて》にして、千紘と将太は、おちよのほうをうかがった。

おちよは用件を切り出している。

「父がうっかり届けそこねていた帳簿、お持ちしました。こちらで間違いありませんか？」

おちよのところへ出てきたのは、ほかならぬ梅之助である。

「わざわざあなたが持ってきてくださったのですか。急いでいらしたのでは？このような簡単なお遣いをさせてしまい、申し訳ありませんね」

「いいえ、簡単なお遣いではありますけれど、帳簿は大事なものですから。それにあたし、こういうことでもないと店の奥に引きこもりがちですもの。おやつを食べるより外に出て体を動かしてらっしゃいと、母に言われてしまうんですよ」

おちよは少しおしゃべりなたちなのかもしれない。身振り手振りを交《まじ》えながら、訊《き》かれてもいないことまで話している。声は高すぎず甘すぎず、さらりとして心地よい。早口ではないのがまたよい。

千紘のところからおちよの顔は見えないが、これほど楽しそうに声を弾《はず》ませているのだ。頰を紅潮《こうちょう》させて微笑んでいるに違いない。

どうにかしたほうがいいのは、梅之助のほうだ。

「梅之助さんったらちっとも変わらないのね、あの商い用の笑顔」

千紘がつぶやくと、将太のみならず、鯨助までうなずいた。

梅之助は微笑んでいる。鏡を見て稽古《けいこ》をしたという、品のいい微笑みだ。唇の両端をきっちり等しい形に持ち上げている。切れ長の目の細め方も、ゆったりとしたまばたきも、悠然《ゆうぜん》として見える。

違う言い方をするならば、商い用の笑顔をこしらえた梅之助は、腹の底がまったく読めない。

鯨助がぼそりとこぼした。

「坊ちゃま、あれじゃ駄目だ。まるでおちよお嬢さんのことがお嫌いなように見えちまう」

千紘と将太はうなずいた。

「あの顔は、そうなのよね。嫌だなあと思っていることを隠すときにも、梅之助さん、あんなふうに微笑んでごまかすんだもの。子供の頃からそうなのよ」

将太が何か言いかけたが、千紘はその口を手でふさいだ。ここで普段の大声を上げられたら台無しだ。

手代と小僧はそっぽを向くふりをしながら、梅之助とおちよの様子をうかがっている。番頭の竹吉は、奥に用があるかのような様子で、すーっと二人のそばから離れた。

おちよは、店ぐるみで見守られていることに気づいているのかいないのか、季節の食べ物のことだとか、暖かくなればまた古着の売れ方が変わってくることだとか、話を続けている。

男としてはほっそりとした梅之助だが、おちよと並ぶと、やはりずいぶん背が高く、肩幅もしっかりとして見える。微笑みながらあいづちを打つさまも、頼もしいといえば頼もしい。

似合いの二人だ、と千紘は思った。おちよが慕《した》っている相手は梅之助で間違いない。あとは梅之助さえ一歩を踏み出してくれれば、万事うまくいきそうな予感がある。

ほどなくして客が入ってきた。おちよはしおらしく頭を下げた。

「あたし、長居しちゃいましたね。これで帰ります」

千紘はぎゅっと拳《こぶし》を握った。

「梅之助さんってば、おちよさんを奥に通して、お客さんが帰るまで待ってもらえばいいのよ。そうしたらゆっくり話せるじゃないの」

ところが、梅之助はおちよに慇懃《いんぎん》に頭を下げた。

「ええ、それではまた。お世話さまでした」

まるっきり、得意客にするのと同じ振る舞いである。おちよが店を出ていくと、誰からともなくため息が漏れた。


いや、このままではいられない。

「わたし、おちよさんを追い掛けて、話をしてきます!」

千紘は前川屋を飛び出した。

おちよは、ここへ来るときとは打って変わって、小さな歩幅でのろのろと歩いている。追ってきてほしい、引き留めてほしいのではないか。その相手は千紘ではないはずだが、今は仕方がない。

千紘は足を急《せ》かしておちよに追いつき、声を掛けた。

「待ってください、おちよさん」

おちよは振り向き、きょとんとして千紘を見つめた。くるりと弧《こ》を描いたまつげが、丸い目をきらきらさせている。やっぱりかわいい人、と千紘は思った。

「ちよはあたしですけれど、何かご用でしょうか？」

「ええと、わたし、前川屋さんからちょっと頼まれごとをしていて、そのために、おちよさんにもお話を聞いておきたいんですけれど、いいかしら？　わたしは、千紘といいます」

千紘が名乗った途端、おちよは、ぱっと明るい顔をした。

「あなたが梅之助さんの幼馴染みの千紘さんなんですね。お話は聞いています。

梅之助さんと千紘さんと将太さん、三人は仲がよくて、いたずらっ子で、手習所手習所のお師匠さまたちを困らせたり笑わせたりしていたんでしょう？」

　梅之助のこととなると、おちよの声が弾む。楽しそうな顔になって、千紘のほうに身を乗り出してもくる。

「おちよさんは、梅之助さんとよくお話をするのですね」

「あたしばかりしゃべっていることが多いけれど、そうですね。お話、しますよ。千紘さんのお名前はすぐに覚えました。昔は、ちいちゃんと呼ばれていたんでしょう？　梅ちゃん、将ちゃん、ちいちゃんって」

「ほんの子供の頃だけですよ、ちいちゃんだなんて」

おちよはくすくすと笑った。

「あたしも、ちよですから、幼い頃には同じように呼ばれていたんです。梅之助さんがあるとき、いきなり、ちいちゃんと口にしたから、自分が呼ばれたのかと思ってびっくりしたことがあって」

その話は梅之助からも聞いたことがある。

おちよに問われるまま、思い出話を披露《ひろう》しているうちに、心の臓の音があまりにもうるさく鳴り響いてきて焦ってしまった。それで頭がぐちゃぐちゃになって、おちよさんと呼ぶべきところを、ちいちゃんと言ってしまったのだ。

あの梅之助がどんな顔をして焦ったのだろうかと、千紘は不思議に思っていた。だから、おちよに問うた。

「ちいちゃんだなんて言ったときの梅之助さん、どんな様子でした？」

「いつもと同じ、あの静かできれいな笑顔のままでした。幼馴染みのことを昔はそんなふうに呼んでいたんですよ、先ほど昔話などしていたせいで間違えてこの名を口にしてしまいましたが、って教えてくれたんですけど、あたしったら、ちいちゃんと呼ばれて、はいって返事をしちゃったんですよ。もう、恥ずかしかった」

梅之助さんのお馬鹿、と千紘は内心で罵《ののし》った。そのまま、おちよさんのことを、ちいちゃんと呼んでしまえばよかったじゃないの。そうしたら、一気に心が近くなったはずなのに、なぜわたしの名前を出すのよ。

　千紘は額《ひたい》を押さえてため息をついた。

「おちよさんの前では、梅之助さんって、いつもあの笑顔なんですね」

「ええ。あの、幼馴染みの千紘さんにはぴんとこないかもしれないんですけれど、このあたりの若い娘の間で、梅之助さんって評判がいいんです。役者のように派手ではないけれど、とても整った感じの男前だって」

「わからなくはない気がしますよ。梅之助さんも将太さんも、姿だけはちゃんと大人の男前になったなあって」

「うらやましいです。あたしも、梅之助さんとはもともと顔見知りではありました。本当はずっと話しかけてみたかったんです。ちょっときっかけがあって、梅之助さんとよく話すようになったのは、去年くらいからなのですけれど……」

　おちよは声を落とし、きょろきょろと周囲に目を配った。

　千紘は前川屋を振り向いた。将太と鯨助が店先からこちらをうかがっている。身をひそめているつもりだろうが、二人とも体が大きいので、まったく隠れ切れていない。千紘は二人にしかめっ面《つら》をしてみせた。

ここではゆっくり話せない。千紘はそう考え、おちよを誘ってみた。

「ねえ、おちよさん。よかったら、お茶でもいかが？」

おちよは快諾《かいだく》した。

「あたしも、そう言おうと思ってました。お話を聞いてもらえると嬉しいです。こっちにいいお茶屋さんがあるから、行きましょう」


千紘はおちよに連れられて、目と鼻の先にある茶屋に入った。

ちょうど稲荷《いなり》の裏手にあたるからか、きつね屋という名の店だった。中に入ると、白い狐《きつね》の面があちこちに飾られている。つんと吊り上がった目尻には、一つひとつ違ったふうに化粧が施《ほどこ》されている。

千紘は、色とりどりの化粧をした狐たちに、ついつい見入ってしまった。

「狐のお面がお洒落で、素敵でしょう。あたしは、あれがお気に入りなんです。だから、いつもこの席に座るの」

おちよのお気に入りの狐の前の床几《しょうぎ》に、千紘はおちよと並んで座った。千紘はぐるりと見渡して、おちよのお気に入りから二つ隣の狐を指差した。

「わたしは、あの狐かしら。牡丹色《ぼたんいろ》のお化粧が、かわいらしく見えます」

「ああ、あの子もかわいいですよね」

　おちよは、うんうんとうなずいた。簪の鶯がひょこひょこ動いて、千紘の目に留まる。

「その簪の飾りは、おちよさんが作ったのですか？」

「はい。うちのおっかさんはこういうのが得意なんで、あたしも子供の頃からいろいろ教わってて。でも、そのおかげで、こういう簪しか持っていないんです。あたしだってたまには、よそで買った簪を使ってみたいんだけど」

「そういうものかもしれませんね。自分が持っていないものが、うらやましく見えてしまうんです」

　お茶で口を湿すと、おちよは少し顔を強張《こわば》らせて、話を切り出した。

「あたし、梅之助さんとは去年くらいからよくお話しするようになったと、さっき言ったでしょう？　本当はもっとずっと前、子供の頃から梅之助さんのことが気になっていたのに、お話しに行けなくて」

「梅之助さんからも、同じように聞いていますよ。親同士の商いのつながりがあるから、子供の頃から顔をよく知っていたと。でも、去年頃からお話しできるようになったきっかけが何かあったんですよね？」

おちよは、ごくりと喉《のど》を鳴らした。

「実は、縁談をどうかと、親同士が話し合ったからなんです」

「あらあら、それはおめでたいことです」

「いえ、決まったわけではないんです。前川屋さんのご主人が本当にお優しいかたで、おちよさんが嫌でなければと、まずあたしに訊いてくださったの。それで、あたし、まず梅之助さんとお話ししてみたいですって言って、そういうことになって」

おちよは、赤くなった頰を両手で挟んでうつむいた。

千紘は問うた。

「おちよさんとの縁談について、梅之助さんは何と言っているんです？」

「ま、まだ決まってないんですってば。梅之助さんは、まだ何も知りませんよ」

「え？　まったく知らせていないんですか？」

「だって、すべてあたしが選んでいいって言われちゃってるんです。苦労するのは嫁のほうなんだからって、前川屋のおかみさんもおっしゃるから。梅之助さんのことは後でいいんだって。まずは何より、おちよさんの気持ちを大事にしましょうって」

千紘の頭に、幼い頃の梅之助のことが思い浮かんだ。

意地っ張りな千紘と将太の間に挟まれた梅之助は、自分の意見を前に出すということがまったくなかった。二人の間を取るように塩梅《あんばい》を整えたり、二人が好きなようにしていいよと、菩薩《ぼさつ》のような笑顔で言うのだ。

梅之助のあの性格は、両親に似たのだ。梅之助の両親も、自分からぐいぐい行くことがない。静かで穏やかで、じっと人の話を聞いてばかりだ。よくぞそれで商いができるものだと、千紘はちょっと感心してしまう。

千紘はおちよに尋ねた。

「それで、縁談のこと、おちよさんはどう考えているんですか？」

「はっきり言うと、困ってます。縁談なんて、普通は、親の思惑どおりにさっさと決まってしまうものですよね。そうしてくれたほうが、あたしは気が楽なのに」

「そう？　親の言いなりになるのもまた、苦しいことではない？」

おちよは顔を覆《おお》い、いやいやをするように頭を振った。

「あたしが、この人が好きだから添《そ》い遂《と》げたいです、と皆に言わないといけないんですよ。それって、怖くありません？　間違えてしまったら、どうするの？

あたしが間違えたせいで梅之助さんを傷つけることになったらと思うと、怖いんです」

千紘は、おちよに問うた。

「おちよさんは、梅之助さんとの縁談、嫌ではないんですよね？」

迷いもなく、おちよはこっくりとうなずいた。

「嬉しい、と思っています。でも、梅之助さんはきっと、あたしには興味がないんですよ」

「どうしてそんなことを思うんです？」

「名前を呼んでもらったことがないんです」

「でも、そういうのは、照れているからかもしれないし……」

「違います。だって、梅之助さん、いつもあの笑顔なんですよ。どんなに嫌なお客さんが来ても、梅之助さんは静かに微笑んでいるんですよね。あたしが梅之助さんとお話しするときも、あの笑顔なんです。きれいだけど、お面のような、あの笑顔」

おちよは、ふっと目を上げた。千紘もつられてそちらを向くと、おちよのお気に入りの狐の面と目が合った。

つんと吊り上がった目尻の下側に、ふんわりと柔らかな色が差してある。そうすると、ほかの狐の面とは違って、目尻をかすかに下げて微笑んでいるように見える。

きっとおちよの目には、梅之助の笑顔があんなふうに映《うつ》っている。静かに微笑んでいるだけの、心の読めないお面のように。

二

千紘が前川屋に戻ると、帳場の一つ奥の部屋で、将太が梅之助に詰め寄っているところだった。番頭の竹吉も将太の味方をしているらしい。梅之助に代わって帳場を仕切りつつ、将太の大きな声を聞いている。

「ちょっと、将太さん。表まで声が響いているわよ」

千紘は呆《あき》れつつ、奥の部屋に上がり込んだ。勝手知ったるものだ。子供の頃から梅之助は店を離れられなかったから、千紘と将太がこの部屋に上がり込んで、一緒に遊んでいた。

将太は腕組みをし、むっとした顔で黙り込んだ。梅之助は千紘を迎え、静かに微笑んでいる。おちよとの間でも話題になった、あの笑顔だ。

「梅之助さん、その笑い方、やめてちょうだい」

千紘が遠慮なく言うと、途端に梅之助はうなだれた。

「今、将太からもさんざん言われたところだよ。底の見えん笑い方はよせ、と。でも、これはどうしようもない。癖になっているんだ」

「嫌なことがあるのをごまかすとき、そんな顔をしていたものね。質屋の商いをしていれば、いいことばかりじゃないでしょう。質草という品物を介して、信用とお金のやり取りをする仕事だもの」

「人の心をのぞいてしまって、つらいこともある。でも、乗り切ってやろうという心意気をいつも持ってるんだよ。だから、覚悟して笑っているんだ」

「そうでしょうね。それは皆がわかっているわ。だったら、商いでつらいときと同じ顔を、なぜおちよさんの前でもしているの？」

梅之助は両手で顔を覆ってしまった。そうやって表情を誰にも見せないようにして、梅之助は答えた。

「困ってしまうからだよ。あの人と話していると、嬉しくて楽しくて、心の臓が張り裂けそうになって、息が苦しくて泣き出しそうで、どんな顔をすればいいかわからない。そういうときは、顔がひとりでに微笑んでしまう」

ああ、と千紘も将太も嘆息《たんそく》した。

千紘はずばりと問うた。

「梅之助さんは、本当に、おちよさんのことが好きなのね？」

「答えなければならないかな」

「答えなさい。おちよさんが悩んでいるの」

梅之助はちらと目を上げた。

「あの人のことが好きだ。子供の頃からずっと、あの人があたしの心に住み着いている」

将太がばしんと畳を叩いた。

「だったら、あの人ではなく、おちよさんと名を呼べ。おちよさんの前でもだ。あなたなんて言うんじゃなくて、おちよさんと、はっきり名を呼ぶがいい」

千紘は頰に手を当て、小首をかしげた。

「おちよさんをここに連れてこようかしら。こんなふうになっている梅之助さんの正直な姿を見せれば、おちよさんも悩みが晴れるわ」

梅之助は頭を抱えてしまった。

「それだけはやめてくれ。あたしがこんな情けない男だと知れたら、あの人は呆れてしまうかもしれない」

「あの人じゃなくて、おちよさんでしょう。それじゃ、どうするの？　梅之助さんさえはっきりしてくれたら、誰もがこの縁談に納得するのよ」

「縁談？」

梅之助は声を裏返した。

千紘は、しまったと思ったが、もう遅い。仕方がない。縁談という言葉を出してしまったからには、これをうまく使うまでだ。

「そうよ、縁談。おちよさんは十七よ。いつ縁談があってもおかしくないんだから。今は前川屋へのお遣いもおちよさんが来てくれるけれど、よそへ嫁《とつ》ぐ話が来たら、そういうわけにはいかないの。梅之助さん、動くなら今しかないのよ」

　将太が勢いよく立ち上がった。

「こうしちゃいられんだろう、梅之助。何かするんだ」

「何かって、何だよ」

「会いに行く。ああ、いや、ただ会いに行くだけでは普通だな。そうだ、贈り物だ。贈り物を持って、会いに行くんだ」

「贈り物？　贈り物と言われても、急にそんな……」

千紘は、ぽんと手を打った。

「そうだわ、簪。おちよさん、手作りの飾りをつけた簪をいつも挿《さ》しているんでしょう？　今日は鶯の飾りだったわ。見たわよね、梅之助さん？」

梅之助はうなずいた。

「鳥の形の飾りだったな。あれは鶯だったのか」

「鶯でした。梅の刺繍《ししゅう》がしてあったじゃないの。梅に鶯よ。見なかったの？」

梅之助は答えられず、顔を伏せて唸《うな》った。

将太が顔をしかめ、首をかしげた。

「自分で簪を作れるのなら、わざわざ簪を贈り物にする必要はないだろう？」

「あるわよ。いつも手作りのものだから、たまにはお店で買った簪を使いたいって、おちよさんが言っていたの。それでね、わたし、とてもきれいな銀細工の簪を作る職人さんの名前を知っているんだけど、そういうのはどうかしら」

先月、時五郎という妙な男が千紘に贈ろうとしたのが、繊細《せんさい》な彫りの簪だった。日本橋瀬戸物町の小間物屋で手に入ると言っていた。職人の名は、水吉。花を彫るのが得意だという。

時五郎はあれ以来、千紘の前に姿を現していない。琢馬に預けたすみれの花の簪もそれっきりだ。時五郎という男についてはちょっと嫌な感じが残っているが、水吉の簪に罪はない。もう一度あの見事な細工を見たくもある。

千紘は、時五郎のことを省《はぶ》いて、水吉の簪の話をした。梅之助は顔を上げ、目をしばたたいた。

「水吉さんなら、うちの得意客だ。このすぐ近くの長屋に住んでいるんだよ。腕は抜群にいいのに、なかなか日の目を見なかったんだけど。そうか、やっと世に知られるようになってきたんだな」

「それじゃ、水吉さんにじかに会いに行って、簪を売ってもらうこともできる？」

「できるだろう。ただ、ちょっと気をつけないといけない」

「気難しい人なの？」

「いや、気難しいというか、水吉さんはとても細やかな性分で、人と話すのがうまくないんだ。あれだけの腕を持っているのに、簪をうまく売り込むことができなくて、ひどく貧しかった。仕事道具を質入れしそうなくらいに困っていた」

「まあ、ずいぶん大変なときがあったのね」

「ああ。道具を質草にしてしまったら、ひとまず飯にありつけても、次がないだろう？　それで、簪を質に入れてくださいよと、あたしは言った。持ってきてもらった簪がとんでもなく見事だったんで、母方の伯父《おじ》がやっている小間物屋とつないだんだ」

「もしかして、それが日本橋瀬戸物町の？」

「うん。話題になっているのかな？」

「そうね。水吉さんの銀細工の簪は、日本橋瀬戸物町の端にある小間物屋でだけ買えると聞いたわ」

　梅之助は破顔《はがん》した。今の笑い方は、商い用ではない。

「伯父は今でも水吉さんの簪を卸《おろ》してくれているんだな。いや、伯父の目利《めき》きは厳しいから、ちょっと怖くて、その後のことを訊けなかったんだ。水吉さんも、近頃はとんとうちに来なくなっていたし」

　将太は目を丸くして話を聞いていたが、ひと区切りしたと見るや、梅之助を抱え上げるようにして立たせた。

「そうとなれば、さっそく水吉のところに簪を買いに行こう！　せっかくだから、特別なものを作ってもらえばいい」

三

水吉の住む長屋は、梅之助が言ったとおり、前川屋のすぐ裏手にあった。梅之助は、店を離れられないと少しごねたが、番頭の竹吉がにこにこしながら送り出してくれた。

将太が先に立ってずんずん進んでいこうとしたが、長屋の入り口のところで梅之助が止めに入った。

「ちょっと待って。水吉さんは、将太みたいなのは苦手だよ。声がでかくて怖いだろう。女慣れもしていないと言っていたから、千紘さんも下がっててくれ」

千紘と将太は、仕方がないので、少し離れたところで待つことにした。

長屋には職人が集《つど》っているようだった。四戸《こ》ずつが向かい合わせになった長屋の部屋から、人の気配がする。木を削る音や金物を叩く音も聞こえてくる。

梅之助は、奥から二番目の部屋の前に立ち、柔らかな声でおとないを入れた。

「水吉さん、質の前川屋の梅之助です。今、ちょっといいですか？」

はい、と部屋から声がした。慌《あわ》てて飛んでくる気配があって、そっと戸が開かれる。

思いがけず端正な男の顔がのぞいた。背はそれなりに高そうだが、猫背になって首をすくめている。おかげで梅之助よりも小さく、か細く見えた。

水吉はおずおずと微笑んだ。が、梅之助の背後に千紘と将太の姿を認め、びくりと目を見張った。

梅之助は、自分の体で千紘と将太を隠すように、半歩横にずれた。

「こんにちは。急にお邪魔して、申し訳ありません。実は、簪を売ってもらえないかと、お願いに来たんです」

水吉は、こぼれんばかりに目を見開いた。

「手前の簪で、よろしいんですか？　あの、手前は、十分に大きな銀を扱えるほど稼ぎがないので、こんなに小さな花ばかり彫ってるんですけれども」

「あたしは、水吉さんの簪がいいんですよ。繊細な飾りが人気のわけなんだとうかがっています。あたしも、そう、あまり派手なものを人に贈るような柄《がら》ではなく、こう、何というか……」

梅之助はだんだんとうまくしゃべれなくなる。水吉は、じっとまっすぐに梅之助の顔をうかがっていたが、嚙《か》み締めるように、一つだけ尋ねた。

「坊ちゃんにとって、いちばん大事で特別な贈り物の簪を、お求めなんですね？」

梅之助は、深くうなずいた。

千紘には梅之助の顔が見えないが、いつものあの笑みを浮かべてはいないような気がした。

水吉は、ちょっと待っていて、と手振りで示すと、部屋に引っ込んだ。そしてすぐにまた出てきた。手には、布の包みがある。

「お礼です。受け取ってください。手前が今こうして生きているのは、前川屋さんの、特に坊ちゃんのおかげですから。丹精《たんせい》込めて作ったんです。手前には、こんなことしかできませんが、坊ちゃんのお役に立たせてください」

水吉の手は、かすかに震えていた。梅之助はその手から包みを受け取り、そっと布をほどいた。

千紘はたまらなくなって、ぱっと駆け寄った。将太もである。水吉は跳び上がって、上《あ》がり框《かまち》のところまで後ずさった。

布に包まれていたのは、銀でできた小さな梅の一枝だった。銀の簪に梅の花飾りがついているのではない。掌《てのひら》に収まるほど小さいが、伸びやかな枝ぶりに可憐《かれん》な花を咲かせた梅だ。

今にも梅の香りがしそうだと、千紘は思った。将太でさえ、息を呑《の》んでいる。

梅之助は簪を胸に抱き、上がり框で腰を抜かしている水吉の前にしゃがみ込んだ。

「本当にこれを受け取ってしまってもいいんでしょうか？　あたしにはもったいないくらいの、こんなに見事な簪を」

水吉は慌てて居住まいを正した。

「受け取ってください。もちろんお代なんかいりません」

「それは困ります。きちんと支払わせてください」

「でも、これは手前の勝手な満足を押しつけるようで、申し訳ないくらいです。だから、お代なんて」

「いいえ。それではあたしの面目が立ちませんから」

静かに説《と》き聞かせるような梅之助の声音《こわね》は、ひどく臆病《おくびょう》な水吉にも安心できるものなのだろう。おいくらですか、と梅之助は問うた。

水吉は素直に答えた。

「一つあたり、銀五匁《もんめ》で買ってもらっています。こんなに高く買ってもらうなんて、しくじったらと思うと、怖いのですが」

「では、店での売り値を支払わせてください。六掛けでしょう？　五百五十五文……いえ、きりが悪いし、五百六十文、お支払いしますね。ちっとも高くありませんよ。むしろ安すぎるくらいです。それだけの値がつくにふさわしい簪なんですから、自信を持ってください」

水吉は、土間に額を擦《こす》りつけるようにして頭を下げた。

「ありがとうございます。もったいないくらいのお言葉を、本当にありがとうございます」

梅之助は水吉に面《おもて》を上げさせると、財布から銀の粒を取り出して、水吉の手に握らせた。

「こちらこそ、素晴らしいものを作ってもらったんですから、ありがたいことです。励《はげ》まされます。あたしがこれから挑《いど》もうとしていることがうまくいったら、この簪を贈る人と一緒に、お礼に来ますね」

水吉はおずおずと微笑んだ。

「楽しみに、お待ちしております」

日暮れが近づいてきたので、この日はここまでだった。千紘と将太は前川屋のところで梅之助と別れ、本所を目指して歩き出した。

あれやこれやと策を練りながら、である。

「支度はおおよそ整ったわ。簪は素敵だったし。でも、だからこそよ。あの素敵な簪を渡すのにふさわしい場がほしいと思わない？」

「場か。やはり、若い娘はそういうのを気にするものなのか？」

「だって、梅之助さんにとっては一世一代の大舞台になるのよ。特別な何かがほしいじゃない」

将太はまじめくさってうなずいている。

黙っていれば美丈夫《びじょうふ》と呼ぶべき将太だが、浮いた噂《うわさ》も縁談もまったくない。年頃の娘が寄ってこないのは、口を開くと妙に子供っぽいところがあるからだろうか。

将太に縁談がないのは、やはり昔の印象が強すぎるせいだと聞いている。

幼い頃の将太は、凄《すさ》まじい暴れ者だった。龍治に剣術を教わるようになってから、あり余る力をうまく散ずることができるようになった。それでようやく手習いもできるようになり、しまいには京に遊学《ゆうがく》に出るほどの秀才になったのだが。

それでも、医者を多く輩出《はいしゅつ》している大平家では、いまだに将太の扱いに困っている節《ふし》がある。将太は医者の道を選ばなかった。手習いの師匠を目指している。

人というのは案外、年を経《へ》ても中身が変わらないものだと、千紘は感じる。将太も梅之助もだ。見た目ばかりは大人のようになってしまったが、矢島家の庭を駆け回っていたあの頃のままのところが、確かに色濃く残っている。

夕日を背に浴びながら歩いていくと、両国橋を渡り切ったあたりで、ちょうど龍治が向かい側から駆けてきた。

考え事をするときなど、龍治はよく外を走っている。息を切らして走れば余計なことを考えずに済み、己が立てた問いに集中できる。むろん体の鍛錬《たんれん》にもなるから、一挙両得《いっきょりょうとく》なのだという。

龍治は息を切らし、汗を光らせて立ち止まった。

「何だ、今帰りか。二人揃《そろ》って、どこに行ってたんだ？」

将太が素早く答えた。

「梅之助のところですよ。悩みの相談に乗っていたんですけど、ああっ、そうだった！　俺、用事を思い出した！　先に行って勇実先生と話してるんで、龍治先生は千紘さんと一緒に、後で帰ってきてください！」

大声で言いながら、将太はさっさと駆け出した。大股で走っていくので、あっという間に遠ざかっていく。

あの馬鹿、と龍治はつぶやいて、頭を掻《か》いた。

まだ肌寒い折だというのに、龍治は汗びっしょりだ。夕日に照らされた頬は、内から火照《ほて》ってもいるようだ。

「龍治さん、走っている途中でしょう？　続きをどうぞ。早く行かないと、日が暮れますよ」

千紘は龍治の背中をとんと押した。龍治は稽古着の袖で顔の汗を拭《ぬぐ》うと、かぶりを振った。

「いや、もういい。千紘さんがなかなか帰ってこないんで、気になって走ってきたってのもあるからさ」

「そんなに遅くなってません。わたしの行き先なら、兄上さまに訊けばよかったでしょう？」

「勇実さんは、何か書き物が忙しそうだったんだよ。邪魔するのは悪いかなって」

「龍治さんでもそういうこと気にするのね」

「近頃はな。俺も聞き分けがよくなってきただろう？」

龍治は冗談めかして、得意げにそんなことを言った。千紘は思わず笑った。

千紘は龍治と並んで歩き出した。千紘の歩き方はせかせかとして、それなりに速い。龍治はもっと速く歩けるし、いくらでも走ることができるが、千紘と一緒のときは必ず合わせてくれる。

「ねえ、龍治さん。梅之助さんのことは覚えているでしょう？」

「質屋の子だな。千紘さんと将太と、三人でよく遊んでいた」

「今日はその三人で久しぶりにゆっくり話をして、楽しかったんです。いろいろ手応《てごた》えもあったし。でも、あともうちょっとね。おちよさんとの縁談、ちゃんとまとめてあげたいのだけれど」

「縁談？　梅之助のか？」

「そうなんですよ。梅之助さんには意中のお相手がいて、うまくいきそうなんです。ただ、最後のひと押しをどうしたらいいのかしらって考えていて」

へぇえ、と歌うような節をつけてうそぶいて、そして、龍治は黙った。

竪川の河岸を右手に見ながら歩けば、白瀧家と矢島家が隣り合って建つ本所相生町三丁目まではあっという間だ。道場で稽古をする声が聞こえ始めたところで、いきなり龍治が立ち止まった。

「あのさ、千紘さん」

千紘も立ち止まり、振り返る。

「何ですか」

明るい夕焼けを背負って立つ龍治は、一つ、肩で息をした。

「梅がきれいな庭があるんだ。亀戸《かめいど》なんだけど、有名な梅屋敷《うめやしき》じゃなくて、もっと静かなところ。夏は朝顔《あさがお》を上手に咲かせる、旗本の隠居の爺さんが、梅も育ててるんだ。それが今年、初めて、ちょいと奥手な遅咲きじゃあるんだが、きれいに咲き揃おうとしてるところで」

いきなりといえばいきなりな話に、千紘は小首をかしげた。

「どうして龍治さんがそんなことを知っているのですか？」

「こんなふうに走り回ってるうちに、何となく。昔はその爺さんもよく走って鍛錬してたんだそうだ。健脚《けんきゃく》には自信があって、駆け比べで褒美《ほうび》をもらったこともあるくらいだったって言ってたな」

「龍治さんは付き合いの幅が広いのですね」

「まあ、それはそうかもな。で、あのな。その爺さんが、ゆくゆくはいろんな人に庭を見せたいらしいんだが、手始めに梅はどうだろうかって言っててさ。俺、人を連れてくるって約束してきたんだ。だから、千紘さん、俺と……」

千紘は、はっと閃《ひらめ》いた。そうするともう、大声を出さずにはいられなかった。

「思いついた！　梅を見に行けばいいんだわ！　聞いて、龍治さん。梅之助さんとおちよさんは、いつもと違うところに出掛けたらいいのよ。そうしたら、毎日のように顔を合わせる相手でも、いつもと違って見えると思いません？」

龍治は、半端に口を開いたままで少しの間固まっていたが、ふう、と息を吐いて天を仰《あお》いだ。

「そうだな。いつでも会えるような相手だからこそ、特別なところに出掛けたくなるもんだよな」

「いい案だわ。龍治さん、その梅のお庭のこと、ちょっと詳しく教えてください。今ならまだ将太さんも兄上さまのところにいるはずね。相談しなきゃ」

千紘はずんずんと歩き出した。

ところが、龍治は、暮れなずむ空を見上げたまま、立ち尽くしている。今宵《こよい》は月が見えない。星の光がそのぶん冴《さ》え冴《ざ》えとしている。

千紘は龍治のところに駆け戻った。

「何をしているのですか。ぼんやりしていないで、早く帰りましょう」

龍治の袖をつかんで引っ張る。龍治は、力の抜けた笑い方をして歩き出した。

「はいはい。梅の庭のことだな。道がわかるように、絵図を描いてやるよ。爺さんには話を通しておく。ま、若い連中が来てくれたらにぎやかでいいとか言ってたから、梅之助とお相手の娘が行ってやりゃあ喜ぶだろう」

龍治は千紘に袖を引っ張られながら、ひょいと手首を返して、千紘の袖をつかんだ。お互いに袖をつかんでいる妙な格好だ。

千紘は振り向いて、もう、と膨《ふく》れるふりをしてみせた。龍治は、にっと笑った。追いついてくるでもなく、千紘に引っ張られたままで歩いている。

矢島家の門をくぐると、夕餉《ゆうげ》の匂いが漂っていた。甘辛《あまから》い味つけの煮物の匂いだ。

四

それから五日後のことだ。

勇実は手習所の片づけを済ませ、壊れっぱなしの木戸をくぐって、自分の屋敷に戻った。寝転がって手足を伸ばし、さて読書をしようかと思ったところで、にぎやかな声が聞こえてくる。

「兄上さま、兄上さま！　とてもいいお知らせです！」

たった一人で声を張り上げているだけなのに、千紘の声はなぜこんなにもぱっと明るく、にぎやかなのだろうか。

勇実は身を起こした。と同時に、千紘が部屋に駆け込んできた。

「梅之助さん、うまくいったんですって！　おちよさんに想いの丈《たけ》を告げて、前川屋のご両親に縁談を進めたいと直談判《じかだんぱん》して、はんじろう屋さんにもあいさつに行ったんです！」

千紘が息せき切って告げたことに、勇実も顔をほころばせた。

「それはめでたい。よかったな、梅之助」

「ええ、本当に！　昨日、梅之助さんとおちよさんの二人で、亀戸のご隠居さまのところへ梅を見に行ったんですよ。昨日は、一体どうなったのかしらと思いながらも、様子をうかがいに行くことができなかったのですけれど」

千紘は今日、百登枝の手習所を手伝った後、屋敷に戻らずに両国橋を渡り、前川屋へ行った。そこでばったりと、紋付《もんつき》の羽織《はおり》できちんと装った梅之助と出くわし、ちょうど今、はんじろう屋へのあいさつから戻ったところだと告げられた。

両家の親たちを交えての話は後日となるが、ひとまず梅之助が一人で、おちよの両親に頭を下げ、縁談を申し込んできたという。

千紘がおめでとうと言っていると、おちよもやってきた。髪には、銀細工の見事な梅の花が咲いていた。これから二人で、水吉のところへあいさつに行くのだと言って、初々《ういうい》しく寄り添いながら歩いていった。

おちよが前川屋に嫁いでくるのは、梅之助が正式に筆頭番頭になってからだ。今の番頭の竹吉は、夏には独り立ちする。それと同時に梅之助が帳場を預かるようになり、おそらく秋のうちには祝言《しゅうげん》ということになりそうだ。

勇実は、ほうと嘆息した。

「十八で所帯持ちか。早いな」

「早すぎるということはないでしょう。梅之助さんは跡取りなのだし、こんな良縁はまたとないくらいだもの」

「そうだな。両方ともそれなりの店の子で、好き合って一緒になれて、親同士も仲がいい。素晴らしい巡り合わせだよ」

「父上さまの筆子の中でも、梅之助さんや将太さんは、父上さまが最後に見送った人たちでしょう。それより年下の筆子たちは、兄上さまが引き継《つ》いだから」

「ああ。将太が京で学問を修《おさ》めて帰ってきたことも、梅之助がどんどん立派な若旦那に育っていくことも、父上は誇《ほこ》らしく思っているだろうな」

「もうじき兄上さまの筆子だった人たちが、実は祝言を挙げたんですって、あいさつに来るかもしれないわよ。兄上さまの先を越して、ね」

千紘はちらりと意地悪そうな目をしてみせると、父の位牌《いはい》の前に膝《ひざ》を進めて居住まいを正した。手を合わせ、じっと黙る。

勇実は、千紘が顔を上げるのを待って、問うた。

「梅之助の縁談がまとまるように、千紘と将太が何くれと裏で動き回ったんだろう？」

「裏で動き回るだなんて、おかしな言い方はしないでください。梅之助さんに、ああしたらどうかしら、こうするのはどうかしらと、口出しをしただけです。でも、いちばんの働きをしてくれたのは龍治さんかもしれないわ」

「梅の庭を知っていたのは、龍治さんだったな」

「ええ。ご隠居さまも手を貸してくださいました。そうそう、昨日の梅之助さんとおちよさんがどんなふうだったか、手紙を書いて教えてくれたのはご隠居さまだったんです」

千紘は懐《ふところ》から手紙を取り出した。

開いてみると、見事な筆致《ひっち》に流麗《りゅうれい》な文章が若い二人の様子を伝えている。勇実は頭から目を通した。

初めは、梅之助は端正な笑みを浮かべ、そつなく話をするばかりだった。これでは埒《らち》が明かないと、ご隠居も思ったらしい。

ちょうどそのとき、鶯が鳴き始めた。亀戸はごみごみした町から遠く、田畑も林もある。遅咲きの梅の香りに誘われたか、その鶯は庭で鳴き始めたのだ。

拙《つたな》い鳴き声だった。聞いているほうが恥ずかしくなるほどたどたどしいが、一生懸命に鳴いている。

それを聞いているうちに、梅之助の胸の中で何かが動いたのだろう。梅之助は、大切そうに袱紗《ふくさ》に包んでいたものを取り出した。銀細工の簪だった。

日の光に銀細工がきらりと輝いた。簪を差し出しながら、梅之助は少し震える声で、おちよさん、と呼んだ。

名を呼ばれたおちよは、その途端、泣き出してしまった。覚えている限りで初めて、梅之助に名を呼ばれたのだ。名前も呼びたくないほど嫌われているのではないかと怯《おび》えていた、と、おちよは梅之助に訴えた。

その段に至ると、梅之助ももはや冷静に微笑んでなどいなかった。梅の花のように頰を赤くし、鶯の拙い鳴き声よりも途切れがちな言葉で、想いの丈を語ったのだ。

手紙に書かれた顚末《てんまつ》を読みながら、勇実は、微笑ましいようないたたまれないような気持ちになった。

「梅之助は、こうして見られていたことを知らないんだろう?」

「ええ、知らないと思います。だから、ちゃんと自分の口で話してくれるまでは内緒ですよ。内緒話ができない将太さんにも内緒です」

「龍治さんは知っているのか?」

「知ってるわ。手紙を預かってきたのは龍治さんですもの。あいつも腹を決めたんだな、なんて言って、感心していました」

勇実は龍治のために口添えしてやろうかと思ったが、やめた。何と言ってやれば龍治のためになるのか、よくわからなかった。

千紘は丁寧《ていねい》に手紙を畳《たた》みながら、ふわりと夢見るような目をした。

「でも、内緒にしなければならないのは、そう長いことではないと思います。話してくれるような気がするんですよ」

勇実はつい水を差した。

「どうかなあ。男は格好をつけたがるから、そうなりふりかまわずに必死になったことを隠すものだぞ」

千紘はじろりと勇実を睨《にら》んだ。

「ああそうですか。いいわよ、別に。わたし、おちよさんから聞くもの」

勇実は首をすくめた。

庭を駆けてくる軽い足音が聞こえた。と思うと、玄関ではなく縁側の障子が開いた。

木刀を担《かつ》いだ龍治が、汗びっしょりの顔で笑っている。

「勇実さん、稽古に付き合ってくれ！　今日は幼い連中の相手ばっかりで、力が余っているんだ」

千紘は膨れっ面をした。

「龍治さんったら、またいきなりそんなところから。お行儀が悪いですよ」

「昔からこうだろ。今さら直らねえよ」

「直してください」

千紘に小言をぶつけられても、龍治はどこ吹く風で笑っている。

勇実は腰を上げながら、当たって砕《くだ》ければいいと思って、言ってみた。

「梅之助の話、聞いたよ。龍治さんも活躍したんだって？　でも、龍治さんは渡りをつけるために走り回ってばかりで、せっかくの梅も落ち着いて見られなかっただろう。千紘もだな。二人で今度、見せてもらいに行ったらどうだ？」

龍治は、ぐるりと目を泳がせた。

明るい顔をして手を打ったのは、千紘である。

「そうだわ、改めて梅を見せてもらいに行きましょう。梅之助さんとおちよさんがうまくいったという、縁起のいい梅ですもの。ご利益《りやく》がありそう。ねえ、龍治さん」

龍治は目をしばたたいた。

「あ、ああ。そうかもな」

「そうよね。うん、決めた。兄上さま、皆で行きましょうよ。わたし、菊香《きくか》さんも誘うから。貞次郎《ていじろう》さんにも来てほしいわよね。先月元服《げんぷく》したというのに、きちんと会ってお祝いができていなかったでしょう」

勇実は額を押さえた。龍治は笑い飛ばした。

「よっしゃ、それじゃ、将太も誘わなけりゃな。にぎやかになれば、爺さんが喜ぶさ。弁当作って持っていってやろうぜ。梅が見頃のうちに、皆でぱーっと宴《うたげ》だ」

千紘は喜んでぴょんと跳ねた。

龍治はやけのように、元気な声を張り上げた。

「さて勇実さん、道場に行くぜ！　稽古に付き合ってくれ」

千紘はにこやかに二人を送り出した。

「行ってらっしゃいませ。おいしい夕餉をこしらえておくから」

勇実は千紘に背中を押されて、庭へと駆け出した。

第三話　あの夜の正体

一

文政五年の初午《はつうま》は、二月一日だった。

　初午は稲荷社《いなりしゃ》の祭りの日だ。江戸はそこいらじゅうに小さな稲荷社が設《もう》けられ

ているが、初午には幟《のぼり》が立ち、灯籠《とうろう》が出されて華《はな》やかになる。

この日の祭りの主役は子供だ。子供たちは晴れ着を身にまとって、稲荷社に赴《おもむ》く。屋台で菓子やおもちゃを買ってもらったり、太鼓《たいこ》を打ち鳴らしたりするのだ。

初午が子供たちにとって特別なのは、稲荷で祭りがおこなわれるからだけではない。手習いに入門するのは、この日が多いのだ。

七つ、八つ、九つくらいの子供たちが精いっぱいの晴れ着を身につけ、侍の子であれば裃《かみしも》までつけて、しゃちほこばった顔で手習所を訪れる。付き添いの親

も一張羅《いっちょうら》を身にまとって、我が子の小さな門出を祝うのだ。

いつもは気楽な格好の勇実も、この日ばかりは、いくらかましな装《よそお》いをする。手習所の師匠という仕事にはすっかり慣れたつもりでいても、今日はやはり、ぴんと気が張り詰めている。

将太は、今日は遅れてこちらに来る。屋敷に赴いて手習いを見てやっている旗本の子に懇願《こんがん》され、一緒に初午の稲荷詣《いなりもう》でをしてくるそうだ。稲荷詣《じ》でもよいが、新しい筆子を朝一番に迎えたい気持ちもあると、将太は少し焦れったそうだった。

勇実がお吉の手を借りて身支度を整えていると、鳶《とび》の子の久助《ひさすけ》と鋳掛屋《いかけや》の子の良彦《よしひこ》が、駆け比べをしながら白瀧家の敷地に飛び込んできた。

「今日もおいらが一番！」

久助が甲高《かんだか》い声で言い放った。久助は身が軽くてすばしっこく、足も速い。同い年で十《とお》の良彦とは、しょっちゅう何かの勝負をしている。相撲《すもう》をすれば良彦のほうが強い。机に向かって書き取りをするのは、どっこいどっこいの出来だ。

久助と良彦は、二人して屋敷をのぞき込んで、あれっと声を上げた。

「勇実先生がもう起きてる！」

「ちゃんとした侍みたいな格好だ！」

お吉が噴き出した。

勇実もつられて笑ってしまったが、無理やり渋面《じゅうめん》をこしらえた。

「今日は初午だぞ。手習所にとっては大事な日なんだ。新しい筆子はまだ来ていないな？」

久助がうなずいた。

「新しい子は、まだだよ。いつもの連中と鞠千代《まりちよ》はもう揃《そろ》ってるけど」

このところ、筆子たちが集まるのがやたらと早い。それというのも、皆でこっそり何かを読んでいるらしいのだ。

寝坊しがちな勇実がいちばん遅れて手習所に入ると、筆子たちはさっとそれを隠してしまう。読み上げる声を盗み聞きしようとしたこともあるが、障子の隙間《すきま》からきちんと見張りをしているようで、勘づかれてしまう。

おおかた、軍談《ぐんだん》か仇討《あだう》ちものでも読んでいるのだろう、と勇実は当たりをつけている。

早起きの龍治は筆子たちの声を聞いているはずだが、特に何も勇実に言ってこない。

ない。だから、その書物は害のあるものではないのだろう。年頃に応じた取り扱いに気をつけなければならないような、艶本《えんぽん》の類《たぐい》でもあるまい。

久助が、手習所のほうへ走っていった。よく通る声が、垣根越《かきねご》しにも聞こえてくる。

「まずいぞ、もうすぐ勇実先生が来ちまう！　急いで隠せ！」

良彦が、久助は馬鹿だなあ、と言って額《ひたい》を押さえた。

勇実はしかめっ面《つら》で良彦に問うた。

「おまえたちは一体、何を隠しているのかな？」

良彦はぷいとそっぽを向いた。

「知らなーい。それより勇実先生、本当に、今日から新しい筆子が来るの？」

「ああ。大二郎《だいじろう》の弟が来てくれるそうだ。ほかにも、このあたりの侍の子が入門してくれる」

今年十四になった大二郎は、年の瀬まで勇実の手習所に通っていた。年が改まったのを機に、親戚が営《いとな》む小売酒屋で働き始めている。勘定《かんじょう》が得意なのを買われての、住み込みの奉公だ。

勇実が屋敷を出ようとしたところで、白瀧家を訪ねてきた武家の女に引き留められた。女の年の頃は三十ほどか。

「白瀧勇実先生でいらっしゃいますか？　手習所のお師匠さまの」

女の後ろに隠れるようにして、裃をつけた男の子が立っている。

勇実は男の子に微笑《ほほえ》みかけた。

「新しい筆子ですか。名は？」

男の子は、体に力が入った様子で答えた。

「河合才之介《かわいさいのすけ》といいます！　八つになりました。よろしくお願いいたします」

才之介とその母は、きれいな仕草で頭を下げた。勇実も折り目正しく応じた。

「こちらこそ、よろしくお願いいたします。私の手習所では、侍の子もいれば職人の子も店の子もいます。手習所にいる間は、皆等しく学び、分け隔《へだ》てなく共に過ごして、時には思いっ切り遊んでもらいます」

才之介は真剣な顔で聞いていた。はい、と元気よく返事をすると、少しはにかんだような顔になって言った。

「従兄《いとこ》の徳次郎《とくじろう》兄さまが、白瀧さまの手習所と矢島さまの道場で修業をすればいいと勧めてくれたんです。徳次郎兄さまは、母上の姉上のところの従兄です。勇実先生と龍治先生は、徳次郎兄さまの友達なんでしょう？」

才之介の母が少し慌《あわ》てた顔をした。

見田《みた》徳次郎は一度、道を踏み外しかけたことがある。部屋住《へやず》みの次男坊であり、己の行く末が何ひとつ定まらないことへの不安から、よからぬ輩《やから》とつるんでいたのだ。目明かしにしょっ引かれかねなかったのを、勇実も龍治も知っている。

徳次郎も今は悔《く》い改め、手先が器用なのを活《い》かして、職人仕事に勤《いそ》しんでいるようだ。勇実はあれ以来、徳次郎とじかに顔を合わせていない。付き合いの広い龍治は、何度か会って話をしたらしい。

そういう経緯《いきさつ》があったから、徳次郎は才之介に、勇実や龍治のもとに入門することを勧めてくれたのだろう。

勇実は、才之介の問いにうなずいてみせた。

「徳次郎さんは、私の友達だ。近頃はあまり会えずにいるけれどね。徳次郎さんは元気にしているのかな？」

「はい、元気そうです。もっと元気になるために、また道場に通おうかなって言ってました」

「そうか。才之介、矢島道場にはまだあいさつに行っていないんだろう？　せっかくだから、今からあいさつをしていくといい。龍治先生と、道場主の与一郎先生は、もう道場にいるよ」

良彦がぱっと手を挙げた。

「おいらが連れていってあげようか？」

筆子たちは新しい仲間が来ると、先を争って世話を焼きたがる。良彦は興奮に鼻の穴を膨《ふく》らませて、目を輝かせていた。

「それじゃあ、良彦に頼もう。才之介は晴れ着だし、母君もご一緒なんだから、走るなよ」

「わかってらあ！　才之介、こっちだよ」

良彦は才之介の手を引き、白瀧家の庭を突っ切って、垣根の向こうの矢島家へと向かっていった。


手習所の表で勇実を待っていたのは、懐《なつ》かしい顔だった。

「おお、大二郎」

大二郎と毎日のように顔を合わせていたのは、ほんの二月《ふたつき》前までのこと。それだけしか時が空いていないのに、もう懐かしかった。

わずかの間に、大二郎は大人びていた。店の屋号が入った、真新しい紺《こん》の着物を身につけている。

大二郎は、傍《かたわ》らに立つ男の子の頭に手を添えて、一緒にお辞儀をした。

「弟の十蔵《じゅうぞう》が今日からお世話になります」

「こちらこそ、よろしく。十蔵、大きくなったな。前に会ったときは、五つだったか。覚えているか？」

勇実が顔をのぞき込むと、十蔵は首をかしげた。幼《おさな》かったのだから、覚えていなくても無理はない。三年ほど前、大二郎が手習所で熱を出してしまい、勇実がおぶって連れて帰った。そのときに、勇実は十蔵とも顔を合わせたのだった。

十蔵が持ってきた教本は、大二郎が使っていたものだ。いずれ弟が使うからと、丁寧《ていねい》に扱っていた。大二郎が待ち望んでいたその日が、ついにやって来たのだ。

大二郎は着物の襟《えり》を直しながら、照れ笑いをした。

「せっかく大伯父《おおおじ》の店で厳しく仕込んでもらうんだって覚悟していたのに、大伯父は奉公人にちょっと甘いんですよ。今日は弟が勇実先生のところに初めて世話になるんだって話をしたら、おまえが連れていってやれって」

「いい店で働かせてもらっているんだな。ただ甘いだけのだらしない店なら、大二郎がそんなにいい顔をしているはずがない」

十蔵は珍しそうに、勇実と大二郎を見比べている。物怖《ものお》じする様子はない。

河合家の母子が道場から出てきた。母子は龍治と良彦に付き添われて、手習所のほうへやって来る。道場への入門のあいさつは、無事に済んだようだ。才之介の母は、改めて勇実に頭を下げ、用事があるとのことで、早々に帰っていった。

龍治は、才之介と十蔵を交互に見やった。

「今年の入門は、この二人か？」

「ああ。でも、初午でない日にも、不意に入門してくる筆子も毎年いるからな」

「よそでうまくいかなくなった子が、勇実さんのところに駆け込んでくるんだよな。白太《しろた》や鞠千代がそうだった」

「入門のきっかけは何だっていい。ここで楽しくやってくれるのならな」

勇実は手習所のほうを振り向いた。

手習所の障子が細く開いている。息をひそめた筆子たちが、新しい仲間の様子をうかがっているのだ。気になるのなら外に出てくればいいものを、いたずらめいたことをするのが楽しいらしい。

勇実は見て見ぬふりをするのだが、龍治はそうではない。一緒になって遊んでやるような体《てい》で、場を和《なご》ませたり筆子たちを戒《いまし》めたりと、勇実にできないことを軽やかにやってのける。

にやりとした龍治は、勢いよく障子を開けた。

「こら！　のぞき見なんて格好悪いことをしているのは、どこのどいつだ！」

わあっと驚きの声を上げて、筆子たちは跳びのいた。十一人の筆子たちが尻餅《しりもち》をついたり折り重なったりする。五日に一度、遠くから通ってくる鞠千代まで含め、今日はすでに勢揃いしていたらしい。

才之介はびっくりして、良彦の背中に隠れた。十蔵はぽかんと口を開け、それから笑い出した。

久助がうっかり紙の束《たば》を放り出し、鞠千代が慌ててそれを拾って天神机《てんじんづくえ》の下に隠した。あの紙の束は、教本ではない。帳面にも見えなかった。

勇実はぴんときた。

「近頃何か隠しているようだと思ったが、それか。一体何だ？」

筆子たちは口々に、何でもない何でもない、と繰り返した。それがかえって怪《あや》しい。勇実は眉《まゆ》をひそめ、龍治を見た。龍治はいたずらっぽい笑みを浮かべつつ、そっぽを向いた。

「おい、龍治さん。何か知ってるんだろう？」

「さて、どうだろう？」

「隠し事をするのか？　龍治さんも、おまえたちも。何もないなどと嘘《うそ》をつくなんて、私は悲しいぞ」

勇実は少し大げさに嘆《なげ》いてみせた。筆子たちは顔を見合わせた。どうしよう、と困っているのがありありとわかる。

つい二月前に手習所を離れた大三郎も、隠し事のことを知らないらしい。朝早くから何かを読み合っているのは、それくらい最近になって始まったことなのだ。

誰も何も言わないことに耐えかねたのか、八つにして秀才の鞠千代が、上目遣《うわめづか》いでおずおずと問うた。

「お師匠さま、嘘というものは、やはり悪いことなのでしょうか？」

「嘘にもさまざまなものがあるが、あまりいいものではないだろう。鞠千代もよく知るとおり、儒学《じゆがく》には五常《ごじよう》と呼ばれる五つの徳がある」

「はい。仁《じん》、義《ぎ》、礼《れい》、智《ち》、信《しん》ですね」

「そのうちの信というものは、友を大切にし、本当のことを告げ、約束を違《たが》えないことだ。嘘をつくようでは、信という徳をなすことはできない」

鞠千代は、いったんうなずいた。それから、もう一つ問いを立てた。

「では、『孫子《そんし》』はいかがですか？　敵を欺《あざむ》くにはまず味方から、ということわざもあります。戦術に優《すぐ》れた英雄は、見事に敵を欺いてみせるものです。こうした英雄は、嘘つきですか？　いくら戦上手《いくさじょうず》でも、嘘つきな人に心を惹《ひ》かれるのは、正しくありませんか？」

「敵を出し抜く派手な戦術というものは、軍談で聞けば胸が躍《おど》る。そういう戦術を操《あやつ》った軍師に心を惹かれるのも道理だ。でも鞠千代、戦乱の世のものの考え方は、今の江戸のような泰平《たいへい》の世で暮らすときには、時として毒になる。おまえは乱世の軍師ではないのだから、何もかも真似をするのは危ういぞ」

鞠千代は得心した様子で、ぺこりと頭を下げた。

「お師匠さまのおっしゃるとおりです。わたくしは、ものを覚えるのは得意ですが、覚えたことを組み合わせて自ら考えることは、まだまだ上手ではありません。もっとよく考えられるようにならねばなりませんね」

鞠千代は齢《よわい》八つにして、四書五経《ししょごきょう》をすべて諳《そら》んじている。ただ闇雲《やみくも》に覚えただけではない。いにしえの唐土《もろこし》で生み出された儒学について、当時の政《まつりごと》のありようを知った上で、より深く身につけようと努めている。

旗本の子として生まれた鞠千代だが、次男坊である。兄がいるため、将来はご公儀のお役に就《つ》ける見込みが極めて低い。それゆえ、昌平坂学問所で朱子学《しゅしがく》を修《おさ》め、学者として大成することを親に望まれている。

鞠千代自身が学ぶことを好んでいるのは救いだ。しかし一方で、勇実は頭を抱えてもいる。鞠千代は何にでも興味を惹かれ、何でもかんでも諳んじてしまうのだ。刀の物語が大好きで、『平家物語《へいけものがたり》』の「剣《つるぎ》の巻《まき》」もすべて覚えてしまった。

大二郎はさすがに勝手知ったるものだった。ひょいと手習所に飛び込むと、鞠千代が隠した冊子《さっし》をあっさり取り上げた。勇実と鞠千代のやり取りに気を惹かれていた筆子たちは、ああっと声を上げた。

冊子の表紙に記された文字を、大二郎が読み上げた。

「何だこれ、『真田三代記《さなださんだいき》』？　ずいぶんぼろぼろになった写本だな。これを皆で読み合っていたのか？」

素早い久助が大二郎に飛びついて口をふさいだ。しかし、もう遅い。勇実もしっかりとその題名を耳に入れてしまった。

勇実は顔をしかめた。

「だから隠していたのか」

『真田三代記』は、ご公儀の目に触れてはならない本である。印刷が認められず、ゆえに手書きで写したものしか世に存在しない。

真田幸村《ゆきむら》は、戦国の世の終わり頃、信州上田《しんしゅううえだ》の真田家の次男として生まれた。父譲りの智略に優れる武将であり、自ら槍《やり》を手にすれば無双の戦働《いくさばたら》きをもなした。

幸村は、負け戦の中で輝いた人だった。関ケ原《せきがはら》の合戦と大坂《おおさか》の役《えき》、二度の大《おお》戦《いくさ》で、自らは華やかな武勲《ぶくん》を立てながら、己が属する軍は敗れた。敗れながらも、恩義のある豊臣《とよとみ》家への忠義の心を失わず、誇《ほこ》り高く振る舞った。

立派な人柄で文武《ぶんぶ》に優れるが、悲運を背負っており、表舞台から追われてしまう。そんな幸村の生きざまは、人々の琴線《きんせん》に触れる。それゆえ、幸村が討ち死にした大坂の役のすぐ後にはもう、幸村が徳川《とくがわ》軍の目を欺いて生き延びている、という噂《うわさ》が広がっていた。

勇実も幸村の智謀《ちぼう》の戦ぶりを知っている。『真田三代記』がどれほど見事に描かれた物語であるかも知っている。

物語の中の幸村は、本物の真田家の次男坊とは違って、大坂の役で死なない。大坂城と共に滅《ほろ》んだはずの豊臣秀頼《ひでより》を守って、薩摩《さつま》へ落ち延びるのだ。幸村ほどの英雄には生きていてほしいという人々の思いが、物語を望みある結末へと導いたのである。

しかし、だからこそ『真田三代記』は読んではならない書物なのだ。存在そのものが許されない書物だ、とも言える。何せ、悪役は徳川家康《いえやす》。幸村の活躍を喜ぶのは、ご公儀に唾《つば》することにほかならない。

勇実の渋面に、筆子たちは首をすくめた。

だが、十二の白太は我慢ができなくなったようで、年の割に拙《つたな》いところのある言葉で、身振り手振りを交《まじ》えて訴えた。

「幸村は、頭がよくて強くて、人に慕《した》われる。勇実先生みたいに格好いいって、皆、言ってるんだ。それなら、おいらは、影武者《かげむしゃ》の役がいい。六文銭《ろくもんせん》の、鹿の角の兜《かぶと》の、赤備《あかぞな》えで、大きな十文字の槍を持って、幸村のふりをする」

鞠千代がこっそりうなずくのが見えた。戦の中で人を欺く話を急に持ち出したのは、名こそ出さないものの、幸村について問いたくてたまらなかったというわけだ。

幸村の得意とした戦術に、影武者使いがあったという。『真田三代記』の大坂の役では、三重の構えで放った影武者が徳川軍を掻《か》き回したとされている。

久助は、白太のほうに身を乗り出した。

「白太も影武者の一人になっていいけど、最後の影武者の根津甚八《ねづじんぱち》の役は譲らないからな！」

御家人の子で十一の淳平《じゅんぺい》が、頬《ほお》を紅潮《こうちょう》させ、一冊の帳面を抱き締めている。

「私の海野《うんの》家は、もとは信州の侍なんです。父上がそう言ってました。真田家に仕《つか》えていたご先祖もいたんだって聞いて、私は胸がどきどきしたんです。幸村公の物語には、海野家の家臣の名前もちゃんと出てくるんですよ！」

久助が淳平の肩を持った。

「淳平は、難しい字の読みを全部調べて、この帳面にちゃんと書いているんだ。おかげで、おいらたちも新しい字をたくさん覚えた。難しい言葉は鞠千代がよく知ってるからさ、おいらたちは皆で教え合って、真田の物語を読んでるんだよ」

開き直ったように、良彦も言った。

「おいらは、怪力無双の三好《みよし》の入道《にゅうどう》たちが好きだ。兄の清海《せいかい》入道は九十、弟の伊三《いさ》入道は八十四っていう爺ちゃんなのに、体がでっかくて、重たい棍棒《こんぼう》を軽々と振り回す。あんな爺ちゃんがいたら、格好いいよなあ！」

龍治まで話に乗り始めた。

「うちの親父は、三好兄弟みたいな爺さんになるかもしれねえよ。そこまででかくはないが、八十になろうが九十になろうが、いくらでも元気に暴れそうな人だからな」

勇実は龍治に詰め寄った。

「龍治さん、私に隠れてこの子たちが『真田三代記』を読んでいること、知っていたんだろう？」

「そりゃまあ、知ってたけど」

「なぜ止めてくれなかった？　読んではならない本なんだぞ」

「いや、だって、それはさあ」

大二郎は、手にした写本にちらちらと視線を落としていたが、不意に本の後ろのほうを指差した。

「見たことがある字だと思えば、やっぱりそうだ。この写本を作ったの、勇実先生じゃないですか。ここに名前が書いてあります。文化《ぶんか》九年（一八一二）ってことは十年前だから、勇実先生が十四のときでしょう？」

大二郎はその箇所を勇実のほうに向けた。勇実は、素《す》っ頓狂《とんきょう》な声を上げてしまった。

「あのときの写本か！　こんなもの、どこに残っていたんだ？」

鞠千代が冷静に告げた。

「お師匠さまも同罪ですね」

「いや、待ってくれ」

鞠千代はあどけなくにっこりした。

「もしもお師匠さまを幸村とするなら、わたくしは穴山小助《あなやまこすけ》になりたいです。関ケ原の合戦で敗れた後、幸村は九度山《くどやま》への流罪《るざい》となりますが、小助はそのときもご一緒するのです」

炭団《たどん》売りの子の丹次郎《たんじろう》は、それじゃあと手を挙げて言った。

「由利鎌之助《ゆりかまのすけ》役、やります。得意の槍を振るっての果たし合いで穴山小助に負けて真田軍に入るけれど、おいら、鞠千代にだったら負けても悔いはないや」

鞠千代と丹次郎は笑い合った。

「鎌之助も格好がいいですよね。後藤又兵衛《ごとうまたべえ》にも劣《おと》らぬ槍の使い手です。最後は、幸村と豊臣秀頼公をお守りして、薩摩に落ち延びるのです」

「小助が幸村の影武者として活躍するところも、格好よくて痺《しび》れるよ。ずっと幸村のそばにいた小助だからこそ、うまく影武者を演じられるんだ」

そんな会話を皮切りに、筆子たちは我も我もと、お気に入りの武将の名を挙げていく。

うろたえる勇実の肩を、龍治はぽんと叩いた。

「十年前の勇実さんは、道場の脇部屋の俺のねぐらに泊まり込んで、一生懸命に『真田三代記』を写していたよな。二人して幸村にずいぶん熱中していた。あの後、俺がこの写本を隠し持ってたんだよ」

「それを筆子たちに渡したのか？」

「真田幸村は、武将好きなら誰もが一度は通るもんだ」

「そうはいっても、どうしてあの写本を見せる流れになったんだ？」

「この間、道場で淳平から訊《き》かれたのさ。『和漢勇士鑑《わかんゆうしかがみ》』の番付には、なぜ真田幸村が入ってないんだって。ご公儀の目に留まるかもしれねえ番付には載せられんだろうって話をしたところから、真田の話が盛り上がってな」

良彦が『和漢勇士鑑』を持ってきたのは、正月の松の内が明けてすぐのことだった。

『和漢勇士鑑』は、相撲の番付に見立てて、東に日ノ本《ひのもと》、西に唐土の古今の英雄を強さの順に並べたものだ。強さというのは単なる武力だけではなく、智謀も加味されている。

行司《ぎようじ》は、源頼朝《みなもとのよりとも》と蜀《しよく》の劉備《りゆうび》。大関《おおぜき》同士の取り組みは、六孫王《ろくそんのう》である源経基《つねもと》と漢《かん》の高祖《こうそ》である劉邦《りゆうほう》だ。関脇《せきわけ》は楠木正成《くすのきまさしげ》と蜀の諸葛亮《しよかつりよう》が睨《にら》み合う。前頭《まえがしら》では、巴御前《ともえごぜん》と祝融夫人《しゆくゆうふじん》という、女武者同士の取り組みも見ものだ。

勇実は呆然《ぼうぜん》としてつぶやいた。

「身から出た錆《さび》か。親に隠れて写した本を、こういう形で再び目にするとは」

筆子たちは楽しそうににこにこしている。いたずらが明かされてしまったが、そもそものおおもとは勇実にあるのだ。これでは勇実も叱《しか》りようがないのを察したらしい。筆子たちには龍治までついているのだから、なおさらたちが悪い。

勇実はがっくりとうなだれた。

新しい筆子を迎えたこの日を機に、皆も気持ちを入れ替えたつもりで、また手習いに励《はげ》んでいこう。そういう立派なお説教を垂れるつもりだったのに。

今さら偉そうなことなど口にもできず、勇実はただ頭を抱えるばかりだった。

二

「今年の二月は、新しい筆子を迎えないことにしました」

百登枝が千紘にそう告げたのは、正月が終わる頃だった。なぜですか、と千紘は思わず問うた。百登枝は当たり前の顔をして、言った。

「わたくしがいつまで生きられるか、わかりませんからね」

「弱気なことをおっしゃらないでください」

「いいえ、本当のことを言っているだけですよ。どんどん体が衰《おとろ》えるのが、自分で感じ取れるのです。今はどうにか手習いの師匠を続けていられても、今年入ってくる筆子が育ち上がるまでは、一緒にいてあげられないでしょう」

百登枝は今年で六十六になった。話しぶりは若々しく、頭は誰よりも冴《さ》えているが、体はすっかり痩《や》せてしまった。どうも何かの病《やまい》を抱えているようだが、千紘は怖くて訊けずにいる。去年あたりから、百登枝が臥《ふ》せってしまう日がだんだんと増えてきている。

早く春らしい暖かさになってほしいと、このところ千紘は願っている。暖かいまま、夏の厳しい暑さなど巡ってこなければよい。そうすれば百登枝は健《すこ》やかに過ごせるのに。

今年、新しい筆子を入門させないというのなら、百登枝の手習所の筆子は五人だけになる。

小間物屋の子のお江《ごう》と髪結《かみゆ》いの子のおユキは、今年で十四だ。そろそろ花嫁修業なり親の仕事の手伝いなりに本腰を入れてもおかしくないが、まだこの手習所で読み書きを教わったり仲間としゃべったりするつもりらしい。

十三の若菜《わかな》と十二の早苗《さなえ》の姉妹のほうが、先に手習所を離れるのかもしれない。旗本の娘である二人には、すでに縁談が決まっている。屋敷では旗本の妻としての行儀作法を仕込まれているところで、そのほかの習い事も忙しいのだという。

お江、おユキ、若菜と早苗は、手習いの師匠は百登枝でなければ意味がない、と思っている。だから、百登枝が臥せってしまうと、千紘が師匠の代わりになるのではなく、手習いが休みになる。

いちばん幼い、十になった桐《きり》だけは、少しわけが違う。桐は初めから千紘がつきっきりで教えている。百登枝が臥せって手習所を閉めてしまうときは、桐はあきらめがつかずに悶々《もんもん》とするようだ。

桐の母に乞《こ》われ、千紘が読み書きを教えに屋敷に行ったことが何度かある。百登枝にこのことを告げたら、とても喜んでいた。千紘さんは立派なお師匠さまになれそうですね、と。

百登枝は自分がいなくなった後のことを、今のうちから心配し、そのときに備えて支度を整えようとしている。そんなふうに、千紘には見える。百登枝が今後のことを話すとき、そこに百登枝の姿はない。千紘は胸が痛くなる。

だからこそ、と言おうか。今年の初午の日には何もないと聞いたとき、千紘はあえて明るい顔をして、百登枝や筆子たちを誘ってみた。

「初午らしく、稲荷社に詣でましょうよ。お供《そな》え物のおこわや油揚《あぶらあ》げも用意して、皆で行くんです。ねえ、百登枝先生、手習所を開いていると、この日はあれこれ忙しくて、せっかくの稲荷社のお祭りにも行けない年ばかりでしょう？」

百登枝は、痩せているためにくっきり大きく見える目を、若い娘のように輝かせた。

「稲荷詣でをするのですね。それは素晴らしいわ。お供え物はどうしようかしら。わたくしはね、実は、台所仕事をしたことが一度もないのです。そういう家に生まれ育ち、そういう家に嫁《とつ》いで、女だてらの学問道楽で通ってきたものですから」

百登枝は才女だ。百人一首《ひゃくにんいっしゅ》はもちろん、光源氏《ひかるげんじ》の恋物語も諳んじており、すらすらと口ずさむことができる。かと思えば、四書五経や唐詩《とうし》、宋詞《そうし》といった唐土の文も得意だ。

それに、百登枝は凄《すさ》まじいほどの物知りでもある。

例えば、ある日のことだ。『和漢勇士鑑』という、男の子が好みそうな番付表を、兄がいる桐が持ってきた。

百登枝は、番付に登場するどの英雄のこともよく知っていた。その話しぶりが巧《たく》みで、英雄たちが生き生きとして感じられたから、初めは興味を示さなかったお江やおユキもだんだんと身を乗り出した。しまいには、おませな女の子たちは『和漢勇士鑑』を囲んで、男前かどうかの品定めを始めた。

いずれにせよ、百登枝にできないことなどないかのように思っていたので、台所仕事をしたことがないなどと聞かされて、千紘も筆子たちも驚いた。

お江が手を挙げた。

「お師匠さま、あたしはこう見えて、お料理はひととおりできるんです。油揚げの煮物の作り方をお師匠さまに教えてさしあげます。この離れのお勝手なら、お茶を淹《い》れるために使わせてもらったことがあるし」

おユキも負けじと手を挙げた。

「それじゃ、あたしはおこわを炊《た》いて持ってきますから。飯炊きは、使い慣れないお勝手でやるのはちょっと大変なんですよ。力仕事みたいなものだし。百登枝先生には無理をさせちゃいけないものね」

お江とおユキは競《きそ》い合うようにして、稲荷詣での段取りを紙に書き出した。油揚げの煮物を百登枝と一緒に作るのが、この日の要《かなめ》だ。そのときの手順だとか買い物のことだとか、お江とおユキは細かいところまでよく気がつく。

千紘は感心するばかりだった。

白瀧家は百登枝のような大身《たいしん》旗本と違い、長女である千紘も、料理や掃除や繕《つくろ》い物などをしなければならない。それでも女中のお吉がいるので、一から十まで一人でこなすことはない。

「千紘先生も何か言ってください。本当にこれで大丈夫かしら?」

お江とおユキに意見を求められても、千紘は、家事に慣れた二人ほどの目配りなどできない。ただ二人の采配《さいはい》に従うばかりだ。

そして迎えたのが、今日だ。初午の稲荷詣での日である。

百登枝の世話をする女中が道具を揃えておいてくれた。すでに火もおこしてあった。いつになくうきうきした様子の百登枝は、真新しい前掛けをして、筆子たちの訪れを待っていた。

手習所は、百登枝の住む離れの一室を使っている。百登枝の住まいは手習いの部屋の奥のほうにあり、台所も備えてある。離れとはいえ、千紘の住む屋敷よりも広い。

約束どおり、おユキは、もっちりと炊けたおこわを持ってきた。もち米は百登枝が手配したものだ。

「あらあら、あんなに硬かった米粒が、こんなに柔らかくなるのですね。まだ温かいわ。お米がつやつやしていますね」

日頃はあまり食べ物に興味を向けないのに、今日の百登枝は子供のように、はしゃいでいる。

さて、手習所の皆で料理をするなど、初めてのことだ。誰もが少し張り詰めた顔をしている。

お供え物にする煮物は、油揚げだけでなく、切り干し大根も一緒に煮含めることにした。切り干し大根は、お江が水で戻したものを持ってきた。鰹節《かつおぶし》の出汁《だし》を引く係は、桐だった。お江がすぐそばに立って、鰹節を鍋《なべ》に入れるのはお湯が沸いてからよとか、怖がらないで入れれば大丈夫だとか、指図をした。

汗びっしょりになりつつ、桐が仕事を終えると、次は百登枝の番だ。油揚げを短冊《たんざく》に切る。

包丁《ほうちょう》を前にした百登枝は、両手を胸の前で握った。

「ああ、手が震えてしまいそうです。刃物を扱ったことはあるのですよ。ずっとずっと昔、まだ娘の頃でしたけれどね。わたくしは、小太刀術《こだちじゅつ》と薙刀術《なぎなたじゅつ》が得意だったのです。演武のときは、本物のきらきらした刃《やいば》を使ったものですよ」

しかし、包丁は初めてなのだ。

千紘はおずおずと申し出た。

「お師匠さま、手が震えないよう、お手伝いしましょうか？」

「そうしてくれるかしら。危なっかしいのはわかっているの。でも、一枚だけでいいから、この油揚げを切ってみたいのよ」

千紘は百登枝の背中側に立った。肩越しに腕を回し、包丁を握る百登枝の手に、自分の手を添える。百登枝の手は痩せて小さく細い。千紘の手の中にさえ包み込めるほどだ。

手だけではない。百登枝の体は、いつの間にか背丈が縮んでしまった。肩もすっかり薄くなって、ちょっとでも力をかけると折れてしまいそうだ。

油揚げを押さえる百登枝の左手を、おユキの手が支えた。

せーの、と息を合わせて、百登枝と千紘は油揚げを切った。

お供え物の油揚げなら、大きな形のままのほうが映《は》える。だが、切り干し大根も入れておいしく煮含める今日の油揚げは、百登枝と一緒に食べるためのものでもある。それならば、百登枝が食べやすいように、小さく切るほうがいい。

一枚の油揚げを、時をかけて丁寧に切り終えると、百登枝は満足そうに包丁を置いた。

「やってみれば、できるものなんですね。もちろん、こんなに皆さんの手を借りなければできなかったけれど。うふふ、不思議なものですね。すぐ身近に道具も場所もあったのに、料理をしてみようと思ったことがなかったのですよ」

百登枝は上《あ》がり框《かまち》に腰を下ろし、後の仕事を見守った。続きの油揚げは、おユキが手早く切った。

桐が引いた出汁に、醤油《しょうゆ》と少しのみりんを落として、煮汁の味を調《ととの》える。醤油もみりんも、お椀《わん》に小分けにして、そろそろと出汁に加えていった。醤油のお椀は若菜、みりんのお椀は早苗の役割だ。

こういう細やかなやり方で味を調えるのは、お江のやり方だった。千紘はもっといい加減だ。どばっと塩やみそを入れてしまい、後で水を入れて薄めてごまかすこともある。

お江は、うっすらと色がついただけの煮汁で、油揚げと切り干し大根を煮含めた。

「油揚げはすぐに味が染みるから、煮汁をあまり塩辛《しおから》くしては駄目。切り干し大根も、真っ黒になるほど煮てしまうのはよくないわね。干したおかげで甘い味と匂いが引き立っているのを、濃い味つけは、すべて駄目にしてしまうの」

まだ若い女中は、初めははらはらして見守っていたのだが、この頃になると感心しきりだった。百登枝は、お江やおユキの料理の話に熱心に聞き入った。

さほど時をかけずに、油揚げと切り干し大根の煮物は出来上がった。筆子たちと千紘で手分けして、小鉢《こばち》に取り分けていく。

おユキがどこからともなく、小口切りにしたあさつきを取り出して、小鉢に振りかけた。

「人がお洒落《しやれ》をするのと同じで、お料理だって、色味が大事なんだから。ほら、こうやって緑を少し添えてあげるだけで、油揚げの黄金色《こがねいろ》が引き立つでしょ？」

桐は目を輝かせてうなずいた。その傍らで、百登枝も同じように目をきらきらさせていた。

おいしいごちそうもきれいな料理も、百登枝はいくらでも食べてきたはずだ。それでも、筆子たちと一緒に作った質素な一品が、特別に色鮮《あざ》やかに見えているようだった。

お供え物の小鉢と、おにぎりにしたおこわを持つと、一行は稲荷詣でに出掛けた。百登枝の足取りに合わせて、ゆっくりと歩く。

回向院《えこういん》の前の道にも、晴れ着をまとった子供たちの姿が見える。あちらからもこちらからも、太鼓の囃子《はやし》が聞こえていた。

百登枝は、春の陽気の青空を仰《あお》いで、晴れやかに微笑んだ。

「ああ、お祭りですね。わたくし、胸がわくわくしてきましたよ」

三

白瀧家と矢島家の屋敷地から少し北に行ったところに、榛馬場《はんのきばば》がある。いつ近くを通っても、弓馬《きゅうば》の鍛錬《たんれん》に勤しむ侍たちの姿が見える。

馬場の傍らにある榛稲荷《はんのきいなり》も、初午の今日は例によって大いににぎわっていた。

千紘は、ひときわ大きくて目立つ榛《はん》の木《き》のところで、亀岡《かめおか》菊香と落ち合った。西の空が赤く燃え始める刻限だった。

菊香は千紘より二つ年上の二十で、八丁堀《はっちょうぼり》に屋敷を持つ旗本の娘だ。父の甲《こう》蔵《ぞう》は小十人組士《こじゅうにんぐみし》で、十四になった弟の貞次郎がその見習いにつき始めたところだという。

互いの屋敷地はそれなりに離れているが、千紘は菊香と仲がよい。たびたび行き来をしたり、一緒に出掛けたりしている。今日は菊香が白瀧家に一晩泊まっていくのだ。

千紘と菊香は、まず榛稲荷にお参りをした。場所柄、武術の上達にご利益《りやく》がありそうだと、日頃からこの稲荷に手を合わせに来る侍は多い。今日はなおのこと人出が多く、お供え物もたくさん置かれていた。

「菊香さん、何だか熱心に手を合わせていましたね」

千紘が言うと、菊香はふわりと微笑んだ。

「貞次郎から、自分のぶんまで丁寧にお願いしてくるようにと頼まれたんです。剣術がうまくなりますように、と」

「今日は貞次郎さんが来られなくて残念だわ。貞次郎さん、今年に入って忙しそうですね」

先月、久方ぶりに会った貞次郎は、前髪《まえがみ》を落として大人の髷《まげ》を結《ゆ》っていた。正月十五日に、ささやかながら元服《げんぷく》の儀を執《と》りおこなったのだ。

貞次郎はまだ十四になったところなので元服は早いのではないかと、千紘も勇実も少し驚いた。

しかし貞次郎が言うには、自分は元日の生まれなので、前の年の暮れに生まれた者とさほど変わらない。同い年の子供より立つのも歩くのもしゃべるのも早かったから、さっさと元服してしまってもよいのだ、という。

何かお祝いをと千紘は申し出たが、堅苦しいことはなしにしてくださいと、貞次郎には笑って断られてしまった。早く一人前になりたいのですと意気込む貞次郎の顔は頼もしかった。

貞次郎は、会うたびに背が伸びている。声もだんだんと落ち着いてきているようだ。あどけない様子だった男の子が急に変わっていくのを目の当《ま》たりにし、千紘は少し寂しい気持ちにもなる。

身近なところでその寂しさを感じたのは、同い年の将太や梅之助が最初だった。六つ年上の勇実や四つ年上の龍治は、幼い頃の千紘にとっては、初めから大人に近い存在だった。

菊香は少し遠い目をして言った。

「あの子は、曲がりなりにも旗本の長男坊ですもの。もっとしっかりしてもらわないといけません。両親がね、そろそろあの子の縁談についても本腰を入れて考えるみたいです」

「まあ、縁談ですか?」

「お相手に嫁いでもらうのは、もう少し先になるでしょうけれど。ああ、これは貞次郎には内緒ですよ。あの子、その話は、さすがにまだ嫌がるから」

貞次郎は姉の菊香によく懐いている。貞次郎の許婚《いいなずけ》は菊香と比べられてしまうから大変だろう、と千紘は思った。

菊香は優しく、芯《しん》が強い人だ。長いまつげに縁取《ふちど》られた目元や、おっとりとした物腰が美しい。着物からはいつも、くちなしの香りがする。

　お参りから帰る道すがら、千紘は昼間の出来事を菊香に話した。百登枝がとても嬉しそうだったことや、筆子たちの思いがけないところを見られたことは、千紘の胸を温かくした。

「百登枝先生のところの女中さんから、こっそりお礼を言われたんです。百登枝先生があんなにおいしそうにお昼を召し上がるのは、ずいぶん久しぶりのことだったんですって」

「いつもはあまり召し上がらないのですか」

「ええ。お昼に少しお休みを挟むのだけれど、百登枝先生はその間、奥の部屋で横になられるだけらしいの。昼餉《ひるげ》をとることはなくて、召し上がっても、小さなお菓子にお茶だけなんですって」

「では、今日はよほど嬉しかったのでしょうね」

「これからは、たまに一緒にお昼を食べたり、お菓子をつまんだりしようと思うの。百登枝先生には、たくさん楽しんでいただきたいから」

　うなずいた菊香は、ふと足を止め、周囲を見回した。怪訝《けげん》そうな顔をしている。今日は先ほどから、何度かこうしてきょろきょろしている。

何かあったのかと千紘が訊くより先に、菊香は言った。

「見られているような気がしたんです。後をつけられているような、嫌な感じがあって」

千紘も周囲に視線を向けてみたが、取り立てておかしなところは見当たらなかった。この刻限にしては人出が多い。誰もが稲荷社の祭りで浮かれているようで、顔つきが明るい。

「特に何もないと思うけれど」

「ええ、そうですね。わたしの思い違いでしょう、きっと」

「もしかしたら、菊香さんに見惚《みと》れて声を掛けようとしている殿方がいたのかもしれないわ」

「わたしなんて、お嫁に行きそこねた年増ですよ。千紘さんこそ、急に声を掛けられることがあるのでしょう？」

「お正月にちょっとね。でも、あまりきちんとした相手ではなかったみたいで、急に姿を見せなくなってしまったわ」

菊香は今日、手作りの菓子を持ってきてくれた。ほのかな甘みの練《ね》り切《き》りだ。

先月の上旬に遅咲きの梅を見に行ったときにも、季節の花をあしらって、作ってきてくれた。

「お店で買う練り切りほど、色がきれいではないでしょう？　白いお砂糖を使わずに、手に入りやすいものだけでこしらえていますから」

菊香は気恥ずかしそうに言い訳をするのだが、素人《しろうと》が作ったとは思えないほど細やかな形をしているし、味わいも優しい。千紘は菊香の練り切りをすっかり気に入って、また食べたいとねだったのだ。

料理にせよ菓子にせよ、手作りすれば、家ごとの味わいの違いが出るものだ。でも、菊香がこしらえるものは、よその家の味のように感じない。不思議なことに、懐かしい味がする。菊香への贔屓《ひいき》がそう思わせるのかもしれないが。

菊香が泊まりに来るときは、狭い屋敷のことなので、勇実は矢島家のほうへ泊まりに行く。千紘はさっさと兄を追い払って、菊香とのんびりして過ごした。女中のお吉は、土間のそばの小さな部屋で繕い物をしていた。

夜に甘いものを食べると太ってしまうらしい。普段は千紘も菓子を我慢する。でも、菊香が作ってくれた練り切りには、つい手が伸びてしまった。

「やっぱりおいしい！」

しなやかな舌ざわりがとてもよい。店で売っているものよりも甘さが控えめだが、そのぶん豆の甘みが感じられる。

菊香はくすぐったそうに笑った。

「練り切りというお菓子は、作るのはそう難しくないけれど、少し手間はかかりますね。千紘さんは忙しいから、こういうものはなかなか作れないでしょう。わたしは、なぁんにもないのだもの。いつでも作ってさしあげますよ」

菊香は一度、縁談を反故《ほご》にされた過去がある。十九の夏だった。幼い頃からの許婚に、いきなり捨てられたのだ。

人の噂話というものはいい加減なもので、菊香の縁談が駄目になった件には、あれこれと嫌な尾鰭《おひれ》がついてしまっている。おかげで、菊香には新たな縁談の申し入れがないらしい。二十にもなってしまったため、なおさらである。

そういったことを話す菊香の口ぶりは、いつもさらりとしている。もう気に病《や》んでもいないらしい。菊香は、どこかの大きなお屋敷に奉公の口があれば、とも言う。誰かに嫁ぐのではなく、自分で働いて生きていこうと考えているのだ。

千紘は菊香の練り切りを頬張《ほおば》り、口の中の幸せに再び悶《もだ》えた。

「菊香さんの作るお菓子って、本当においしいのよ。わたし、貞次郎さんがうらやましいわ。菊香さんが姉上さまだったら最高だと思うもの」

千紘は何気なく言ったが、菊香はちょっと目を見張って固まった。すぐに千紘も気がついて、違う違うと手を振った。

菊香はうなずいて微笑んだ。

「わかっています。深い意味はないのでしょう?」

千紘は菊香の顔色をうかがいながら、内緒話のような声で言った。

「でも、少しだけ、それも悪くないと思うのですけれど。兄上さまの面倒を誰かに見てもらわないと不安ですもの。菊香さんが兄上さまのお世話をしてくれたら、わたし、とても安心できます」

菊香は、くすくすと笑っただけだった。長いまつげは伏しがちで、灯火《ともしび》に照らされると、頬に影が落ちる。

やっぱりきれいな人だと、千紘は思うのだ。

千紘の声はよく響くので、盗み聞きするつもりなどなくとも、話が耳に飛び込んでくることがある。

勇実は庭で立ち尽くした。

「菊香さんが姉上さまだったら、か」

ただのもしもの話に過ぎないのか、それとも、兄嫁という意味での姉なのか。千紘と菊香の声は内緒話のようになってしまって、そこから先は聞き取れなかった。勇実は、本を取りに戻ろうとしていたのだが、それもやめた。足音を忍ばせて、矢島家のほうへ向かう。

今日は手習所に布団を運び込んで、ここで一晩過ごすことにした。明日の朝はきちんと早めに起きなければ、筆子たちにもみくちゃにされるだろう。どうにかして早起きしなくてはならない。

薄暗い庭で、龍治が形稽古《かたげいこ》をしていた。小太刀術である。道場の門下生に教えるのは主に打刀《うちがたな》の剣術だが、龍治は小太刀術も得意だ。刀身が短くて振りやすいぶん、身の軽さを活かせる。

勇実が離れたところから見物していたら、龍治はひととおりの区切りをつけて、一尺（約三十センチ）余りのごく短い木刀を下ろした。そして勇実のほうへと振り向いた。

「そんなところで見てないで、一緒にやってくれりゃあいいのに」

「もう湯屋に行ってきたじゃないか」

「行水《ぎょうずい》して汗を流せばいい。勇実さん、今日は離れで寝るんだろう？　俺もそっちに行っていいかな」

「ああ、たまにはそれもいいな。子供の頃みたいだ。龍治さんの部屋に、私がよく泊まりに行っていた」

「親父たちの目を盗んで、二人で真田の物語を読み漁《あさ》ったり、挙《あ》げ句《く》の果てには書き写したりしてな」

龍治はにやりとした。勇実はしかめっ面をしようとして失敗し、笑い出してしまった。

「今朝は本当に焦《あせ》ったぞ。絶対に外ではこの話をしてはならんぞと、しつこく戒めてはおいたが」

「男の子は十かそこらになれば、大人に隠れて、ああいうことをしたがるもんだろう」

「大人に隠れてといっても、龍治さんは今朝のことを知っていたじゃないか」

「こたびのことでは、成り行きであっち側にいただけさ。十八の将太でさえも蚊《か》帳《や》の外なんだぜ。あっち側には、俺たちじゃあもう戻れない。遠くから気づいたり察したりしてやるのがせいぜいで、好きにやらせるしかないって」

龍治は木刀を勇実に預けると、行水をしに行った。その間に勇実は離れの片づけをした。天神机を端に寄せる。龍治の木刀も、道場まで持っていくのが面倒なので、天神机の上に載せた。

二つ並んだ六畳間の襖《ふすま》を取り払ってひと続きにしたのが、手習いの場だ。部屋の外には土間があり、埃《ほこり》をかぶったままだが、竈《かまど》も一応ついている。長屋に住む筆子たちは、ここは自分の家の倍も広いと言う。

墨《すみ》の匂いを嗅《か》ぎながら、勇実は布団を延べ、ごろりと寝転んだ。

ほどなくして、龍治が布団と碁盤《ごばん》を抱えてやって来た。子供の頃は、囲碁《いご》や将棋《しょうぎ》にも熱中したものだ。

「久しぶりにどうだい？」

「いいね。しかし、これは夜更《よふ》かししてしまうな」

「なに、明日の朝は俺が間違いなく叩き起こしてやるよ。寝坊して筆子らにつつき回されたんじゃ、たまらないだろう」

菊香が持ってきてくれた練り切りと、お吉がたっぷり持たせてくれた麦湯《むぎゆ》を手元に置いて、勇実と龍治は勝負を始めた。

頭を使うのは勇実の領分だが、その実、囲碁や将棋となると龍治もかなり強い。龍治に言わせれば、囲碁や将棋は、読み書きやそろばんとは頭の使い方がまるで違うらしい。

「俺も立ち合い稽古では、けっこうきちんと、ものを考えているからな。こいつはこういう手を使ってくるから、それならこう崩してやろう、みたいにさ。一瞬のうちに、ぱっと閃《ひらめ》くんだ。囲碁も将棋も、そんな感じだ」

龍治が言う閃きというものは、勇実にはわからない。龍治はいつも知恵を巡らせながら木刀を振るっているという。勇実は、木刀を手にしたときこそ何も考えなくなる。無心に素振りをするのが心地よくて好きだ。

勇実と龍治はたまに雑談をし、冗談を言って笑ったりしながら、碁を打った。勝負は長引きそうだ。明かりに照らされた龍治の目が、きらきらと輝いている。

四

千紘は菊香と枕を並べ、とりとめもなくおしゃべりをしているうちに寝入ったようだった。それが夜半、いきなり揺さぶり起こされた。

「起きて、千紘さん！」

菊香はすでに身を起こしていた。

千紘がはっとしたのと同時に、雨戸ががたんと音を立てた。

「外に誰かがいるの？」

「そうみたいです。初めは玄関から音がして、次がそこの雨戸」

「何なのかしら？」

お吉も気配を察しているようだ。土間のそばの部屋から声が聞こえてくる。

「何事です？」

千紘は、お吉の耳に届きそうなぎりぎりの小声で、鋭く言った。

「お吉はそこに隠れていて。もしものときは、兄上さまを呼びに行ってちょうだい」

「かしこまりました」

台所の土間から外に出ることができる。千紘が普段使う勝手口とは逆のほうだし、奥まっているから見つかりづらいだろう。

菊香が千紘の手を引いて、勝手口のほうへ逃れる。その途中で、千紘は勇実の木刀を手に取り、菊香に渡した。

また、がたんと雨戸が音を立てた。雨戸が外された。

月のない夜だ。外は、星明かりだけ。それでも、暗がりに慣れた千紘の目には、そこに立つ男の姿が影になって見えた。

すらりと細身の、おそらくは若いであろう、侍らしき立ち姿。

勇実でも龍治でもない。

千紘はぞっとした。声を上げそうな口を押さえる。

男は足元から小さな明かりを取り上げた。それを部屋の中に置く。蠟燭《ろうそく》の明かりひとつで、急に明るくなった。

舌打ちの音が聞こえた。

「気づきやがったか」

忌々《いまいま》しげにつぶやく声は、やはり若い。知っている声だろうかと、千紘は頭を巡らせる。いや、考えようとするが、恐ろしくて、頭の芯が痺れたようになっている。男が何者なのか、わからない。

男は左手で短刀を抜き、順手《じゅんて》に構えた。部屋に上がり込む。

千紘と菊香は音を忍ばせて、そろそろと勝手口に向かう。

春の夜の静けさを恨《うら》めしく思った。冬ならば風の音がする。秋ならば虫が鳴いている。夏は両国橋界隈《かいわい》の店が夜遅くまで開いているから、にぎわいが何となく聞こえてくる。

男は部屋の中を歩き回る。短刀を口でくわえ、長持《ながもち》の蓋《ふた》を開ける。暗がりの隅々まで目を走らせ、短刀をまた左手に持ち替えて、舌打ちをする。

部屋にいないとなれば、外に逃げたと考えるだろう。広くもない屋敷だから、勝手口のありかなど、見つかるのはあっという間だ。

勝手口の閂《かんぬき》を動かすときは、必ず音がしてしまう。戸を開くのも音がする。菊香が閂に手を掛けたところで、千紘はいったん、その手を止めさせた。

みし、みし、と畳を踏む足音がする。男がこちらへ向かってくるのが、蠟燭の明かりの揺らめきでわかる。

千紘は下駄《げた》を手に取ると、投げるそぶりをしてみせた。菊香はうなずいた。

蠟燭を手にした男が、今にも姿を見せそうだ。

千紘は振りかぶって、下駄を投げた。勝手口から離れたところで、下駄が壁に当たって落ちた。

「そこか！」

男が、だっと足音を鳴らして下駄のほうへ向かう。

その音と気配に紛《まぎ》れて、菊香が閂を引いて戸を開けた。

千紘と菊香は裸足《はだし》で外へ転がり出た。庭のほうへ走る。矢島家に救いを求めれば助かる。

だが、男は素早かった。

千紘はその瞬間、嫌な風が吹きつけてきた、と感じた。次の瞬間、菊香に飛びつかれ、二人でもつれ合って転んだ。

びゅっ、と風が裂かれる音がした。

男は勢い余って、二、三歩、先へ進んだ。そして、すかさず振り向いて短刀を構え直した。

「よく躱《かわ》したな。誉《ほ》めてやるぜ」

嫌な風、ではなかった。男が短刀を振りかざして突進してきた。その殺気を、千紘は肌で察したのだ。

千紘の背筋に冷たいものが走った。

庭は奇妙な具合に明るい。男が仕込んでおいたのだろう提灯《ちょうちん》が一つ、庭を照らしている。

男は、華やかに整った顔を歪《ゆが》めて笑った。

「去年の暮れには世話になったなあ、と言いてえところだが、どっちが本物だ？　まあ、どっちもやっちまえばいいのか」

なぶるようにささやいた声には、やはり聞き覚えがない。何のことを言っているのか、それもわからない。

千紘と菊香は腰を上げぬまま、じりじりと後ずさった。菊香は、一度手放した木刀を、さっと拾った。

男は一歩、迫ってきた。左手の短刀がぎらぎら光っている。右手はだらりと垂らされたままだ。

右手が利《き》かないのだろうか。そう思ったところで、千紘はやっと男の正体に気がついた。

「お七……いえ、吉三郎ね」

正月の元旦《がんたん》から、定町廻り同心の岡本と目明かしの山蔵が告げていった件だ。雨傘《あまがさ》のお七と呼ばれ、月の明るい夜に殺しと盗みを繰り返していた女装の盗人が、牢《ろう》から出てしまった。仕返しに来るかもしれないから気をつけろ、と。

吉三郎は短刀の切っ先を千紘に向けた。

「てめえが千紘か。ふん、あんときはめかし込んでいたようだな。普段はそういう、色気も素っ気もねえ格好してんのかい」

鼻で笑いながらも、吉三郎には隙がない。

「あのときですって？」

「てめえのせいでよ、ずいぶんな目に遭《あ》ったぜ。小伝馬町《こでんまちょう》の牢より、旗本屋敷の座敷牢《ざしきろう》のほうが、抜け出すのに手間取るとはな。それもこれも、てめえが舐めた真似をしてくれやがったせいだ」

千紘は合点《がてん》がいった。吉三郎は、自分を追い詰めた娘の正体が千紘だと思っているのだ。

矢島道場の助っ人が捕物《とりもの》の鍵を握ったことは、吉三郎も突き止めたのだ。しかし、道場の門下生に女はいない。矢島家の子は龍治だけだ。ならば、矢島家と親しい白瀧家の娘が、あのときの娘に違いない。きっと、吉三郎はそう考えたのだ。

吉三郎が仕返しをしたい相手は、本当は龍治だ。

そう悟《さと》った途端、千紘は、自分がすっと冷静になるのがわかった。龍治に手出しなどさせるものか。ここで吉三郎と対峙《たいじ》するのが千紘の役目なら、怯《ひる》まずに受けて立ってみせる。

千紘の目の隅に、そろりそろりと垣根の木戸へ向かうお吉の姿が映《うつ》った。矢島家に助けを求めに向かっているのだ。吉三郎に気づかせてはならない。

己を奮《ふる》い立たせて、千紘は声を張り上げた。

「あなた、今さらわたしに何の用ですか？　仕返しをしに来たの？」

「ほざけ！」

吉三郎は短刀を上段に振り上げた。

「お待ちなさい」

菊香が木刀を構えて割り込み、千紘を背に庇《かば》った。菊香の手にあるのは、刃渡り二尺二寸（約六十六センチ）の刀を模した木刀である。その間合いは、短刀よりもはるかに広い。吉三郎はすでに菊香の間合いの内にいる。

吉三郎は、すっと引いた。そのぶん菊香は踏み込んだ。滑るような足取りだ。腰を落とせば、寝巻の裾《すそ》から白い脚がのぞく。そんなことにはかまいもせず、菊香は木刀を晴眼《せいがん》に構えている。

吉三郎は吐き捨てた。

「どけよ」

菊香は凛《りん》として切り返した。

「どきませぬ」

吉三郎は舌打ちをし、無造作《むぞうさ》に間合いを詰め、短刀を振り下ろした。菊香は正しくその軌道《きどう》を読み、木刀で受けた。吉三郎はさらに踏み込み、短刀を振るう。菊香はその一撃を受ける。攻めに転じる余裕はない。また吉三郎が短刀を振りかざす。

千紘は、菊香と逆のほうへ、ぱっと駆け出した。

吉三郎がちらりと千紘に気を取られた。その隙を突いて、菊香が木刀を打ち込む。吉三郎は短刀で防ぐ。だが、菊香の渾身《こんしん》の力を込めた一撃に、短刀がはね飛んだ。

「このっ！」

苛立《いらだ》った吉三郎が腕を振り回す。菊香は避けたが、足がもつれた。吉三郎は菊香の木刀をつかんだ。菊香も木刀を手放さない。だが、吉三郎の手を振りほどくには至らない。

千紘は素早く駆け寄ると、だらりと垂れた吉三郎の右腕にしがみついた。すかさず、二の腕に嚙《か》みつく。

吉三郎は悲鳴を上げ、木刀を手放した。

千紘は、頭に打撃を受けた。吉三郎の拳骨《げんこつ》だ。しかし、左の拳骨では、右腕にしがみつく千紘を力いっぱい殴ることができない。

「離せよ、このあま！」

吉三郎は悪態をつきながら体をねじり、千紘を突きのけ、振りほどいた。体が離れた途端、吉三郎は千紘に当て身を食らわせる。

千紘は吹っ飛ばされた。体じゅうをぶつけ、苦しくて涙がにじむ。それでもどうにか立ち上がろうとしたら、左の足首に激痛が走った。倒れた弾《はず》みでひねってしまったのだ。

菊香が吉三郎の後ろから組みつき、強引に崩して膝《ひざ》をつかせた。投げ飛ばすには至らない。わずかな時を稼いだ隙に、菊香は千紘のそばに駆け寄る。

「千紘さん！」

「平気よ。まだ大丈夫」

吉三郎が立ち上がった。女と見紛《みまが》うほどの美しい顔には、毒々しい笑みが浮かんでいる。

「てめえらの手の内は読めたぜ。まあ、いくらか刀が使えようと、女は女だよな。力じゃ男に勝てねえんだよ。一人ずつ順番に立てなくして、きっちり仕留めてやろうかな」

吉三郎が短刀を拾い上げた。

勇実と龍治は夜が更けてもなお明かりをつけ、碁を打っていた。

「このままでは、朝まで勝負がつかないかもしれないな」

「勇実さんがじっくり考えすぎるからだろう」

「いや、龍治さんこそ、碁を打つよりも話すほうばっかりになる」

龍治は少しむくれた。

「愚痴《ぐち》ばっかりで悪かったな。勇実さんと二人で話すのはこんなに簡単なのに、千紘さんが相手だと、何だか嚙み合わねえんだよ。腹を括《くく》って話を切り出しても、なぜかうまくいかない」

「梅の庭の件も残念だったな」

「そう言いながら、勇実さん、半分くらいは安心しているんだろう？　俺が千紘さんと二人で梅を見に行きたいんだって言い出したときは、かまわんよなんて口にしながら、本当は気が気じゃなかったくせに」

「いや、それは何というか……でも、ほかの誰かじゃなくて龍治さんだから、仕方がないと思えるんだ」

「仕方がない、か。勇実さんは正直だな」

勇実が苦笑いをした、そのときだ。

離れの戸が激しく叩かれた。勇実も龍治も、びくりとして跳ね上がる。

お吉の声が切羽詰《せっぱつ》まって響いた。

「坊ちゃま！　坊ちゃま、お助けくださいまし！　賊《ぞく》です。お嬢さまと菊香さまが、賊に襲われて、大変なんです！」

勇実と龍治は顔を見合わせた。勇実は戸を開けた。お吉が勇実の胸にすがった。

「お吉、何があった？」

「わかりません。ただ、いきなり押し込まれたんです。男が一人。物取りじゃあ、ありません。お嬢さまたちを捜して、逃げたところを追い掛けて、庭に……」

龍治は、天神机の上に転がした木刀をつかんだ。

「吉三郎だ。あいつ、きっと、あのときの俺を千紘さんだと思い込んでいやがるんだ！」

言うが早いか、龍治は飛び出した。勇実も間髪《かんはつ》をいれず後を追う。

垣根の木戸をくぐると、白瀧家の庭はほのかに明るかった。提灯が一つ、庭を照らしている。

男が、千紘と菊香のほうへ短刀を構えていた。

勇実は叫んだ。

「やめろ！」

男がこちらを向いた。

龍治は問答無用で突っ込んでいった。その手にあるのは、小脇差を模した木刀だ。男は、はっと身構えて龍治に向き直る。左手の短刀を振るうが、龍治はあっさりと躱した。

「くそ！」

男はさらに短刀を繰り出す。龍治はその剣筋を読み、木刀を男の左手に叩きつける。男は絶叫した。その手が短刀を取り落とした。

龍治は男に言った。

「おい、吉三郎。俺のこの小太刀術に覚えはねえか？」

「……何？」

「あんたはあの夜、右の肘《ひじ》の筋を切られた。だから右手で短刀を使えない。そして今の一撃で、左手の親指の骨が折れた。左手でも短刀を使えなくなった。あんたのご自慢の腕に勝《まさ》る小太刀術の遣《つか》い手《て》が、こうも次から次へと現れると思うか？」

「どういう意味だ」

龍治は凜と声を張り上げた。

「あの夜の娘の正体は、この俺なんだよ。矢島道場の次期師範、矢島龍治だ！」

吉三郎は呆然と龍治を見つめた。それから、低い声で笑い出した。

「ああ……ああ、そうかよ。そういうわけだったのか。すっかり騙《だま》された」

龍治はじっと構えを解かなかった。

「牢から逃げたとは聞いていたぜ」

「人聞きが悪い。ちゃんと手続きを踏んで外に出ただけさ。だが、しくじったな。そういうことだったのか。くそ、朔《ついたち》の夜なんか選ぶんじゃなかった。やっぱり、やるなら月夜だ」

ふんと笑うと、吉三郎はいきなり踵《きびす》を返し、逃げた。

龍治は木刀を投げつけた。がつんとその背に木刀が当たったが、吉三郎はかまわず逃げた。

それ以上、龍治は吉三郎を追わなかった。うずくまったままの千紘に駆け寄る。

「千紘さん、大丈夫か！」

菊香が提灯を拾い、駆け出そうとした。勇実は菊香の肩をつかんだ。

「私が行きます」

勇実は菊香の手から提灯を預かった。その一瞬、菊香の着物がひどく乱れているのが、はっきりと明かりに照らされた。勇実は顔を背《そむ》け、吉三郎を追って走り出した。


勇実は結局、吉三郎を取り逃がした。追ってくる勇実に気づいた吉三郎が、竪川へと身を投げたのだ。派手な水音がして、それっきりだ。提灯ひとつの明かりでは、水面《みなも》の様子などわからなかった。

千紘は足首をひねっており、立つこともままならなかった。すり傷やあざも、あちこちにできていた。菊香も、すり傷とあざだらけだ。

珠代と女中たちが千紘と菊香の手当てをしている間に、龍治が山蔵のところへ走り、この出来事を知らせに行った。勇実と与一郎は、万一に備えて、女たちのいる矢島家の屋敷を守っていた。

何だかんだと動き回るうちに、空はだんだんと明るくなっていった。千紘とお吉は、驚きが去るとどっと疲れたようで、倒れ込むように眠ってしまった。

白瀧家のほうは、確かにいくらか荒らされていた。明るくなったら片づけをしなければならない。

矢島家の離れに戻ってきた龍治は、くたびれたようで、すっと眠ってしまった。勇実は目が冴えていた。もともと寝つきのいいほうではない。だから、せっかく寝たのに起きるのがもったいなくて、朝は寝汚《いぎたな》く眠り続けてしまうのだが。

眠らなければ眠らないで、一日くらいはやり過ごせる。

勇実は矢島家の広い庭に出て、白々と明けていく空を、ぼんやりと仰いでいた。

ふと、障子の開く音がした。

そちらを見ると、菊香が庭に出てくるところだ。汚れた寝巻を着替え、冷えないように羽織《はおり》を肩に引っ掛けている。髪は下ろされていた。艶《つや》やかな髪は、結われていたために、波打つような癖がついている。

勇実の姿に気づくと、菊香は目を伏せるような会釈《えしゃく》をした。

「こんな見苦しい格好で、ごめんなさい」

きちんとした女が髪を下ろしたところなど、普段は見られるものでもない。勇実は、つい目が惹かれそうになるのをこらえ、なるたけ静かな声で問うた。

「菊香さんも眠れませんか？」

「ええ。体はくたびれているのに、目を閉じていられないんです。千紘さんはよく眠っていますよ」

「そうですか。それはよかった」

ええ、と菊香は小さくあいづちを打った。少しうつむいた横顔は、髪に隠れてしまっている。その顔を上げさせたくて、勇実は菊香の名を呼んだ。

「菊香さん」

「はい。何でしょう？」

「巻き込んでしまって申し訳ありませんでした。しかし、菊香さんがいてくれたおかげで、千紘は命拾いをしました。本当にありがとうございます」

菊香はゆるゆるとかぶりを振った。そして勇実の目をまっすぐに見た。

「わたしのほうこそ、勇実さまに命を拾っていただいたことがあります。千紘さんにも龍治さまにも助けていただきました。これで少しはご恩返しができたでしょうか」

「十分すぎるくらいです」

菊香は眉をひそめ、また、かぶりを振った。

「わたし、勝手に勇実さまの木刀を使ってしまいました。汚して、傷までこしらえてしまいました。申し訳ありません」

頭を下げようとする菊香を、勇実は押しとどめた。とっさに菊香の肩に触れてしまった手を、ぱっと離す。

「菊香さん、主《あるじ》の身を守るために刀にできた傷のことを、誉《ほま》れ傷と呼ぶのですよ。鋼《はがね》の刀ではないにもかかわらず本物の誉れ傷を得るなんて、私の木刀は、刀として大変な幸せ者です。何を謝る必要があるのですか」

むしろ謝らねばならないのは自分のほうだと、勇実はこっそり思った。

逃げる吉三郎を追おうとしたとき、ほんのわずかな間とはいえ、勇実は菊香の肌に目を奪われた。ほっそりして見えるのに思いがけずふくよかな胸元を、のぞいてしまった。

それを言葉にして正々堂々と謝るなど、勇実にはできない。勇実はただ口をつぐんで涼しい顔をし続ける。提灯の明かりに照らされた胸や脚の美しさを、時おり思い出してもしまうだろう。

なんて浅ましい、と自分でも思う。勇実の腹の中がこんなふうだということを、菊香には知られたくない。

　菊香は目を伏せ、不安そうに言った。

「あの吉三郎という男は、自ら川に飛び込んで、どうなったのでしょうね」

　むろん、勇実も答えを持ち合わせてはいない。

「亡骸《なきがら》が上がれば、安心できるのですがね」

「ええ。人の死を願うのは罰当《ばちあ》たりなことだと思いますけれど、また千紘さんが狙われてしまうくらいなら、あの男を呪《のろ》い殺したいくらいです。わたしの腕がもっと立つならば、この手で返り討ちにしてやることもできたのでしょうが」

　菊香は唇《くちびる》を噛んだ。武術の心得がある自分がついていながら、千紘に怪我《けが》をさせてしまった。そのことで自分を責めているのだろう。

　勇実は明るい声を出してみせた。

「でも、これでひとまずは一件落着ですよ。あとのことは、目明かしの山蔵親分たちに任せましょう。何かあれば、いや、何もなくとも、この件のことはまた菊香さんにもお知らせしますよ」

「よろしくお願いします」

「何にしても、危ういことを一人で背負わないでくださいね」

菊香は素直にうなずいた。

夜明けが近い。東の空は白くなり、星明かりが溶けていく。どこか遠くで、早起きの鶯《うぐいす》が鳴くのが聞こえた。

龍治はその日、ずっと神妙な顔をしていた。口数も少なかった。白瀧家の屋敷の片づけを手伝ってくれたが、その間もため息を繰り返していた。

さすがに勇実も気になってわけを問うたが、後で話す、と言うばかりだ。

「千紘が怪我をしたことか?」

「ああ。その件で、ちょっとな」

白瀧家へ押し入った謎《なぞ》の盗人について調べる、という名目で、山蔵たちは動いてくれた。吉三郎をしょっ引こうとしても、上から圧が掛かって邪魔をされるからだ。

しかし、成果ははかばかしくないようだ。川や堀を捜してみたが、吉三郎の亡骸は上がらなかった。あたりへの聞き込みもしたが、何かを見たという者はいなかった。

しばらくの間は気をつけておきやす、と山蔵は請《う》け負ってくれた。よろしくお願いしますと勇実も頼んだものの、これっきりになるような気もした。

龍治は、白瀧家での夕餉の席で、改まって千紘に頭を下げた。

「申し訳ない。千紘さんが吉三郎に狙われたのは、すべて俺のせいだ」

千紘はきょとんとして小首をかしげた。

「そんなに改まって、どうしたのかと思った。あの人は勘違いしてわたしを狙っただけでしょう？　本当の狙いは龍治さんだったはずよ」

千紘は、傷《いた》めたところがつらいらしく、足を崩して座っている。お吉が心配して、甲斐甲斐《かいがい》しく世話を焼いていた。

龍治はなおも顔を上げず、絞《しぼ》り出すような声で告げた。

「俺、吉三郎に名を問われたとき、とっさに千紘と名乗っちまったんだ。あいつは本当に、自分を陥《おとしい》れた敵の名が千紘だと思い込んでいた。だから、千紘という名の娘を捜して狙うのも道理だった」

勇実もそれは初耳だった。

「なぜ千紘の名を？」

「すまん。本当に、とっさに口をついて出たんだ。でたらめな名前を初めからつけておけばよかったんだろうが、そうじゃなかったから、ぱっと頭に浮かんだのが千紘さんの名前だった」

　龍治はそろそろと顔を上げた。

　千紘は膨れっ面をしている。

「ちょうどいいところに置いてあったから使った、みたいな言い方をされると、ちょっと腹が立つわね。それはもちろん、身近な人の名前でも、自分の母上さまの名前は使いづらいでしょうけど」

　龍治は微妙な顔をした。

「いや、便利だから使ったとか、そういうことじゃなくてだな」

「だったら何よ？」

「千紘さんの名前は、その……心強いからだよ。千紘と名乗れば、どんな敵の前でも怯まずにいられる気がしたんだ」

　龍治は正直に言ったのだろう。勇実にも、お守りのような気持ちで千紘の名を口に出した龍治の気持ちが、何となくわかる。

　だが、すでにご機嫌斜めの千紘には、龍治の真意は伝わらなかった。

「心強いのがいいなら、巴御前とでも名乗ればよかったじゃないの。やっぱり、使い勝手がいいと言われているみたいだわ」

そういうことじゃねえんだよ、と龍治の口が動いた。が、声には出なかった。

龍治は何とも言えない顔で、勇実のほうを見た。

勇実は知らんぷりを決め込んだ。

「山蔵親分たちがもうしばらくの間、吉三郎の行方を追ってくれるそうだ。これっきりになればいいな」

世の中にはわかり合えない相手もいるものだ、と勇実は思う。菊香は、吉三郎を呪い殺してやりたいと言ったが、そんな気概は勇実にはない。どこか遠くで勝手にしていてくれ、と思う。関わりたくないというのが本音だ。

千紘がいきなり、両脚をばたつかせた。

「いつになったら治るのよ、これ。一日じゅう、おかしな座り方をしていたから、腰が痛くなってしまったわ」

昼過ぎに菊香が帰っていってから、千紘はずっとこんな調子だ。まともに動き回ることができないので、苛立って仕方がないらしい。

龍治はちょっとしょげた顔で助言した。

「足、まだ赤く腫《は》れているみたいだな。動かさずに冷やしておくといい。腫れが引いたら、血の巡りをよくするために、湯に入ったりして温めるのが効くらしい。道場で世話になってる医者の先生を紹介するから、ちょくちょく診《み》てもらえよ」

「同じことを珠代おばさまからも言われました。治るまでにしばらくかかるのはわかっているわよ。お医者先生でもない龍治さんが、わたしの足をじろじろ見ないで」

完全なる八つ当たりである。龍治はため息をついて、黙ってしまった。

勇実は、たった今思いついたようなふうを装って、千紘に言った。

「菊香さんが暇《ひま》なら、千紘の足が治るまで、ときどき来てもらおうか」

千紘はぱっと顔を輝かせた。

「そうしてもらえたら助かるし、気持ちが明るくなるわ。わたしが手紙を書いたら、兄上さま、届けに行ってくださる？」

一瞬、八丁堀までの道のりを頭の中で弾《はじ》いた。一里弱（約三キロ）といったところだ。

勇実はうなずいた。

「いいだろう。私が行ってこよう」

千紘がちょっと目を見張った。ぐうたらな兄上さまが、と思ったのだろうか。

勇実は千紘の表情に気づかなかったふりをした。

菊香が住む屋敷の庭には、くちなしの木が植えてある。花の頃は初夏だが、すっかり春めいた今頃は、若葉が青い香りを放ち始めたことだろう。

勇実は我知らず、そっと微笑んだ。会って話をしたいと望んでしまう相手がいることが、何とはなしにくすぐったく、滑稽《こっけい》でもあった。

第四話　ふんどし泥棒

一

踏み込んで、面を打つ。その寸前で止めた。

将太は目をかっと開いたまま木刀を見、木刀越しに勇実を見た。

「勝負あったな。勇実さんの勝ちだ」

龍治が宣言した。勇実は木刀を下ろした。

「やれやれ。ちょっとひやっとしたぞ。将太の技は、一つひとつが重いんだ。捌《さば》き切れなくなるかと思った」

将太は、ふうと息をついて、へたり込んだ。疲れ知らずの将太でも、立ち合い稽古《げいこ》を繰り返して、さすがに息が上がっている。

「駄目だ。龍治先生にも勇実先生にもかなわねえや」

将太は龍治に三本取られ、それから、勇実とも立ち合い稽古をした。勇実は将太の斬撃を正面で一度受けたが、手がびりりと痺《しび》れるほどの力強さだった。疲れていてなおその膂力《りょりょく》とは恐れ入る。

三月五日である。

道場は、がらんとしている。手習所も、来られない筆子がいた。家の都合ではたばたしているのだ。

この日は、商家でも武家でも、半年ないしは一年の約束で働く出替《でが》わりの奉公人が入れ替わる。

武家の奉公人は、昔は代々の子飼いや長年にわたる年季奉公が多かったというが、近頃は出替わりもずいぶん増えている。口入屋《くちいれや》を介して、手がいるときにだけ雇う者も多い。常に奉公人を雇っておくには、武家も内証《ないしょう》が苦しいのだ。

将太の生家の大平家は、ご公儀の役を務《つと》めてはいないが、医者を多く輩出《はいしゅつ》していて裕福だ。出替わりの奉公人も、年々増やしているという。

そういった話は、将太の父から勇実が聞いた。将太の父は、愚息《ぐそく》が迷惑をかけてはいないかと、時おり遣《つか》いを寄越してくる。勇実のほうからは、たいへん頼りにしております、と答えることが続いている。

将太は、今日は屋敷が慌《あわ》ただしいから帰ってこなくてよい、というようなことを言われているらしい。

何かにつけて、大平家のほうでは、将太の扱いに困っている節《ふし》がある。もともと手がつけられない子だと匙《さじ》を投げられていた頃があった。さらには、二年ほどの間、将太が江戸を離れて京で過ごしていたせいもあるだろう。

将太は家を離れればよいのに、と勇実は思わなくもないが、先立つものは金だろう。将太は手習いの師匠として、旗本の子息を教えたり勇実のところで手伝ったりしてくれてはいるが、独り立ちするにはまだ心許《こころもと》ない。

額《ひたい》の汗を腕で拭《ぬぐ》った将太は、すっくと立ち上がった。

「勇実先生、もう一本、お願いします！」

「まだやるのか？　私は疲れたぞ。立ち合い稽古はあまり得意ではないんだ」

何も考えずに形稽古《かたげいこ》をするのが性に合っている。あるいは、龍治が打ち込んでくるのをただ木刀で受け続けるだけの、巻《ま》き藁《わら》のような役割が。

龍治は木刀を肩に担《かつ》ぎ、呆《あき》れ顔をした。

「将太の無尽蔵《むじんぞう》の体力は、持って生まれた才だよな。将太は、技の一つひとつをとっても、かなり動きが大きい。真っ先にくたびれてもおかしくねえのに、いちばんしぶとく動き続けるんだからな。大したもんだよ」

勇実もうなずいた。

「世が世なら、名に鬼と冠《かん》せられるほどの武将になったかもしれんな。手にする得物も、刃の長さが二尺（約六十センチ）余りに過ぎない刀より、重く長い槍《やり》のほうが似合いそうだ」

将太は、きょとんとしたような顔で木刀を掲《かか》げた。しげしげと見つめる木刀は、身の丈《たけ》六尺（約百八十センチ）をゆうに超える将太が持つと、棒っ切れのようにか細い。

「でも、そんな戦《いくさ》の世なら、俺は子供のうちに無鉄砲なことをして、この年まで生きられなかったと思いますよ。戦の世じゃあ、手習所や道場もないでしょう？俺、源三郎先生や勇実先生、龍治先生の教えを受けなきゃ、人として形を保てなかった」

ふむ、と龍治は唸《うな》った。

「将太は、手がつけられないくらいに暴れていた頃の自分を、人ではなかったと感じているのか？」

「あんまり覚えてませんから。物心つく年頃って、人によって違うでしょう？俺は、十《とお》を過ぎてからかなあ。今の勇実先生の筆子たちは、皆しっかりしてますよね。大人になっても、手習所でのことをちゃんと覚えているんだろうなあ」

将太は屈託《くったく》のない笑みを浮かべた。

十八という年には見えないほど、将太は体格がよい。手足が長いせいか、すらりとしている。それでいて、肩幅も厚みもある。

だが一方で、十八という年には見えないほど、将太は笑い方があどけない。喜怒哀楽の動き方も素直すぎて、どこか危うくもある。

将太が催促《さいそく》するので、勇実は仕方なしに、もう一本、立ち合い稽古に付き合うことにした。

木刀を構え、間合いを測《はか》りながら見据《みす》えると、将太の気迫がぶわりと膨《ふく》れ上がって見える。もとより大きな体が、より一層、大きく感じられるのだ。

さあ、どこから来るか。

将太が気迫を込めて咆哮《ほうこう》する。

勇実は動かない。じっと力をためて待ち、相手が出るのを誘う。

将太は自分から攻め込むくちだ。だん、と力強く床を踏み、飛び込んでくる。ごう、と唸りを上げるような斬撃。速いが、見える。ただ、正面から受け止めるには、将太は力が強すぎる。

勇実は将太の木刀をからめとり、勢いをいなした。受け流しておいて、するりと小手を突こうとしたが、それは読まれていた。

「えい！」

攻めに転ずるのは無理だろうと勇実は踏んでいたのに、将太は強引に木刀を打ち上げた。将太にとって、木刀は軽すぎるのだろう。片手でひょいと振るだけで、凄《すさ》まじい一撃になる。

上段からの斬撃が来る。勇実はそれをかいくぐり、駆け抜けざまに将太の胴を軽く払った。

「そこまで。勇実さんの勝ちだ」

龍治が言い渡した。

勇実は息を整えながら振り向いた。将太は天井を仰《あお》いでいる。

「ああ、まただ。勇実先生は強そうに見えないのに、どうやったって勝てねえ」

「よく言われるよ。気合がまるで感じられないとね」

龍治はうなずいた。

「勇実さんは、迎え撃つ闘い方をするしな。暖簾《のれん》に腕押しというか、柳みたいだと思うよ。するっと躱《かわ》されて、返り討ちに遭《あ》うんだ」

「龍治さんを返り討ちにしたことはないよ。あの速い攻めについていける気がしない」

　将太が疑問を口にした。

「勇実先生と龍治先生は、どちらが強いんですか？　立ち合いをしているところを見たことがないんですよね。二人で勝負をすることはないんですか？」

　とっさに勇実は龍治を指差した。

「龍治さんが強いに決まっている」

　答えた声は、龍治の言葉と重なった。龍治もまた、勇実のほうを指差している。

　龍治は顔をしかめた。

「いや、勇実さんのほうが強いって。子供の頃、いっぺんも勝ったことがなかったぞ」

「昔と今では違うだろう。あの頃は、二つの年の差は大きかった」

「今でもだよ。勇実さんと比べると、やっぱり俺は力が弱い。打ち合ったら、押し負けちまう」

「押し合いの力比べに持っていかず、身の軽さと素早さを活《い》かして攻め取るのが龍治さんのやり方だろう。思いがけない間合いの詰め方をしたりな。ああいう間合いに持ち込まれたら、どう捌いていいかわからない」

「またそんなことを言う。勇実さんは人を持ち上げるのがうまいよな。将太、気をつけろよ。こうやってすっとぼけて油断させるのが、勇実さんのやり口だ」

冗談めかして龍治は言った。将太はしかつめらしくうなずいた。

「能ある鷹《たか》は爪を隠す、というやつですね」

勇実は苦笑した。

「私はただのとんびだよ。うちの手習所からは、たびたび鷹が生まれるがな」

そのうちの一人が将太であると、勇実は思う。

将太という若い鳥は、まだ産毛《うぶげ》がついたままで、飛び方もおぼつかない。だが、その翼《つばさ》は、海さえ渡っていける鷹のものだ。師匠など軽々と超えて、どんどん羽ばたいていけばいい。勇実はそう思っている。

二

勇実と龍治が行きつけにしているのは、屋敷から二番目に近い湯屋だ。いちばん近い湯屋は、父たちと鉢合《はちあ》わせすることがあった。それが何となく気まずかったので、勇実が十五になった頃から、龍治と二人で別のところへ通うようになった。

暖簾に月見の絵が描かれていて、ぱっと目を惹《ひ》く。だから、その湯屋には、望《もち》月湯《づきゆ》という洒落《しゃれ》た通り名がついている。たいていの湯屋は、何町の湯、と素っ気ない名で呼ばれるものだ。

望月湯の親父は六兵衛《ろくべえ》といって、もともと目明かしを務めていた。定町廻り同心の岡本とも顔馴染《かおなじ》みである。三年前、六兵衛は五十を過ぎたのを境に一線を退《しりぞ》いたものの、今でもたびたび助っ人として呼ばれているらしい。

六兵衛のほかにも、望月湯には、捕物《とりもの》が得意な切れ者がいる。犬の佐助《さすけ》だ。茶色の毛を持つ雄犬《おすいぬ》の佐助は、なりは小さいが、賢くて度胸がよい。刃物を持った下手人《げしゅにん》を相手取って一歩も引かないし、鋭い鼻を活かして手掛かりを追うのも得意だ。

捕物帳にも「望月湯の佐助」として堂々と記されている。おかげで、よその縄張りの目明かしが、佐助を人だと勘違いしたことがあったそうだ。

龍治は、佐助の姿を外に見つけると、嬉しそうに名を呼ぶ。龍治自身も犬になったかのように体を低くして、佐助と一緒になってじゃれるのだ。

今日もそうだった。お気に入りの赤い布を首に巻いた佐助が、望月湯の表にいた。湯上がりの客を見送ったところのようだ。

龍治は、手にしていた着替えや手ぬぐいを将太に押しつけると、しゃがみ込んで佐助のほうへ腕を差し伸べた。

「よし、来い、佐助！」

佐助は、くるりと丸まった尻尾《しっぽ》を千切《ちぎ》れんばかりに振って、龍治に飛びついた。

鮮《あざ》やかな色の舌を出した佐助の顔は、明るく笑っているように見える。龍治も真似して同じような顔をしてみせるので、佐助は龍治を犬と認めているのではないか、と勇実は思う。

佐助はめったに吠《ほ》えず、遊びをせがむ相手もちゃんと選んでいる。犬が苦手な客が来れば、おとなしく物陰に隠れて、客が帰るまで出てこない。

勇実も犬は嫌いではないが、毛まみれになってまで遊んでやったりはしない。佐助もそのあたりは心得ている。勇実が一人で望月湯を訪れるときは、礼儀正しくお座りをして、ちょっと笑ってみせる程度だ。

佐助とじゃれ合った龍治は、いつにも増して毛だらけになっていた。

「うわ、おまえ、衣替《ころもが》えの季節なのかよ。撫《な》でるだけでごっそり毛が抜けるなあ」

将太は慎重そうに、龍治のそばにしゃがみ込んだ。

「着物を出したりしまったりしなくて済むのは、便利ですね」

佐助は将太の顔を見上げ、舌を出して笑って尻尾を振った。将太は破顔《はがん》した。

体が大きいせいか声が大きいせいか、小さな子供や犬や猫には怖がられることが多いらしい。度胸のいい佐助は将太を怖がらない。

ひとしきり遊んでやってから、龍治は腰を上げた。

「いいよなあ、犬。かわいいし、一緒に遊ぶと楽しいし。しかも、佐助は捕物の相棒にもなるんだぜ」

「だが、龍治さん、ずいぶん毛だらけになっているぞ」

勇実に言われて、龍治はばさばさと着物の前を払った。背中についた毛を払うのは将太が手伝ったが、ばしばしと派手な音が立った。龍治は苦笑いした。

「何をやるにも、いちいち力が強いな。まあ、ありがとよ。きれいになっただろう」

「はあ。加減したつもりなんですがね」

将太は、うちわのように大きな自分の掌《てのひら》を不服そうに眺《なが》めた。

高座《こうざ》に腰を据えた六兵衛に羽書《はがき》を見せ、刀を預けて、板の間に上がる。一月《ひとつき》ぶんのお代を先払いした証《あかし》が、羽書である。これさえあれば、財布から毎度小銭を取り出す手間が省《はぶ》ける。日に何度も風呂に入りに来ることもできる。

六兵衛は常に眼鏡を掛けている。硝子《ガラス》越しの眼光はぎょろりとして、愛想《あいそ》笑いを浮かべてさえ、どことなくおっかない。佐助もいるし、定町廻り同心の岡本が立ち寄ることもある。ここで盗みを働く者などおるまいと、客は皆、信用している。

しかし、先日は妙なことがあったな、と勇実は思い出した。

一人で訪れたときのことだ。あの日は、読んでいる途中の書物が気になって上の空だった。春だというのに妙に肌寒い日で、汗もかかなかったから、面倒になって着替えも持たず、手ぬぐい一本だけを手に、望月湯を訪れた。

風呂から上がり、着てきたものを身につけて帰ろうとしたところで、おやと思った。褌《ふんどし》がなかったのだ。

風呂を使っていたのは勇実ひとりだった。いつものとおり、六兵衛は高座にいた。男湯の入り口には、番犬のような体《てい》で佐助がお座りしていた。

湯屋で着物を盗んでいく泥棒のことを、板《いた》の間稼《まかせ》ぎという。粗末な着物で湯屋を訪れ、脱いで置いてある着物を物色《ぶっしょく》し、上等なものを着て帰るのだ。

板の間稼ぎなる泥棒が存在することは確かだが、しかし、褌だけを盗むなどあり得るだろうか。しかも、つい今しがたまでつけていた、取り立てて上等でもない褌だ。そんなものを、六兵衛と佐助の目をかいくぐってまで、盗むだろうか。

勇実は結局、黙っていた。書物に熱中して上の空だったから、もしかすると初めから褌をつけていなかったのではないか、と自分を疑ったのだ。肌寒い風がひどく身に染みたのも、大事なところの布が一枚足りなかったせいかもしれない。

あれから一月と経《た》っていないが、もうすっかり暖かくなった。日差しの下では汗ばむこともある。

勇実たちが着物を脱いでいると、二階の座敷から誰かが下りてきた。

真っ先に素っ裸になっていた龍治が、あっ、と声を上げた。

「左馬さん。珍しいな、ここで会うなんて」

正月に矢島道場で大騒ぎを起こした、篠原左馬之進である。今日は仲間とつるんではおらず、一人だ。

「おう、龍さんか。勇実さんも。俺はさ、いつも世話になってる湯屋から、ちょいと締め出されちまってな。ここは龍さんの行きつけだったのか。いやあ、何ともちょうどいいときに出くわしたもんだ。いい眺めだぜ」

左馬之進はわざとらしく背を屈《かが》め、にやにやしながら龍治の顔と体を見比べた。龍治は顔をしかめた。

「湯屋から締め出されたって、何をやらかしたんだ？」

「これだよ」

左馬之進は、貧乏徳利《びんぼうどつくり》を掲げてみせた。今も二階に酒を持ち込んで、風呂上がりの一杯を楽しんでいたらしい。

「酒を飲んで喧嘩《けんか》でもしたのか？」

「陽気に浮かれて騒いだだけなんだがなあ」

「腕の立つやつがそういう騒ぎ方をするのは、まわりにとっちゃ怖いんだよ。剣術の鍛錬《たんれん》をやるんなら、そのへんもしっかりしてくれよな、左馬さん」

龍治の小言を聞き流しながら、左馬之進は将太に目を留め、感嘆《かんたん》の声を上げた。

「見事な体つきだなあ。あんたも龍さんのところの門下生か？」

「はい」

素直な返事をする将太のほうへ、左馬之進は無遠慮《ぶえんりょ》に近寄った。

「どう鍛《きた》えたら、こんな立派な体が出来上がるんだよ？　すげえな。この体なら、女は選《よ》り取《ど》り見取《みど》りだろう。いや、男の俺も惚《ほ》れちまいそうだ」

龍治は左馬之進と将太の間に割って入った。

「将太の前でそういう冗談はよしてくれ。こいつ、これでもまだ十八なんだ」

「へえ、ずいぶん大事にしてやってるんだな。龍さんが見込んだ弟分ってことは、剣術の腕もかなりのものなんだろう。一度お手合わせ願いたいね」

左馬之進の目つきがいくぶん鋭くなった。

だが、龍治はかまわず、左馬之進を押しのけた。

「そういう申し出をするんなら、酔いを醒《さ》まして、ちゃんとした格好で道場に来て、それからにしてくれ」

「わかったよ。けっこうお堅いんだよな、龍さんは。俺だって悪気はないんだぜ。そっちの兄さんの見事な体を目《ま》の当たりにして、嫉妬《しっと》かたがた、負けらんねえなあって火がつくような心地にもなっているんだしさ」

左馬之進は将太のほうを指差した。しかし将太は、体つきのことを誉《ほ》められても、ぴんとこない様子だ。

「俺、特に鍛えたわけでも、秘薬みたいなものを食らったわけでもなく、これはただ生まれつきなんですよ。持って生まれたもので比べるとしたら、龍治先生だって、すごいと思います。俺、かないませんから」

将太は至極まじめに応《こた》えた。どうやったってかなわない、身の軽さを活かした龍治の剣技のことを言っているのだ。

だが、酔っている左馬之進はまたにやにやとして、将太の言葉に引っ掛けて龍治をからかった。

「そうだよなあ、龍さん。脱いだら、おまえもけっこうすげえもんなあ。ま、せっかく立派なそれも、今のところ、宝の持ち腐れみたいだが」

左馬之進はむろん、龍治の下のものを指差している。

龍治は、とうとう声を荒らげた。

「腐らねえよ！　大きなお世話だ。左馬さん、また悪い酔い方をしてるぞ。さっさと帰って休んで酒を抜け。いい加減にしろよな」

龍治は、追い払うように左馬之進に向けて手を振った。左馬之進はけらけらと笑うばかりだ。

「おいおい、犬っころじゃあるまいし、そんな追い払い方があるかよ」

「犬なら追い払わねえよ。かわいいからな」

龍治は着物と褌を籠《かご》にぶち込み、籠を棚《たな》の下段に放り込むと、手ぬぐいを持って、流し場へ行ってしまった。

左馬之進は龍治をからかって満足したらしい。勇実と将太に会釈《えしゃく》をすると、機嫌よく帰っていった。

将太は、しゅんとしおれた。

「俺のせいで龍治先生を怒らせましたね」

「そこまで怒ってはいないんじゃないか？　どちらにしろ、将太のせいではない。そう背中を丸めて縮こまらなくていい」

勇実は、しなやかな肉が盛り上がっている将太の背中を、ぱしんと軽く叩いてやった。

板の間には、ほかに誰もいなかった。高座の六兵衛は、帳面に書き物をしていた。女湯のほうからは婆さんたちの声がする。

佐助が笑っているような顔で、勇実を見送った。

風呂から上がる頃には、龍治の機嫌も直っていた。

しかし、こざっぱりとした浴衣姿《ゆかたすがた》になったところで、龍治はまた眉間《みけん》に皺《しわ》を寄せた。

「ない」

勇実は問うた。

「何がないんだ？」

「さっきまでつけてた褌。ないんだよ。おかしいなあ。勇実さんのところか将太のところに紛《まぎ》れ込んでないか？」

勇実と将太は、ざっと荷物を改めた。龍治もそれを見ていたが、勇実の籠には勇実の、将太の籠には将太のものしか入っていない。

龍治はもう一度、自分の荷物を調べた。汗を吸った稽古着はあるものの、確かに褌は見当たらない。三人で手分けして、まわりを捜してみる。まわりの棚も一つずつ調べ、流し場のほうにも目を向ける。

この頃になると、六兵衛も三人の様子に気づいて、眉《まゆ》をひそめていた。

「何をしていなさるんで？」

龍治は、むっとした顔で言った。

「褌がないんだ。さっきまで身につけていたやつがな。六兵衛親分、こういうことを訊《き》きたくはないんだが、俺たちが風呂を使っている間の人の出入りはどうだった？」

六兵衛はちらと帳簿に目を落とし、答えた。

「男湯の板の間を使った者ってぇことですな。そんなら、碁敵《ごがたき》同士の爺さんたちが二人でさあ。龍治先生も、流し場のところで何やら話してらしたでしょう」

碁敵同士の爺さんたちというのは、どちらも、近くに住む御家人のご隠居だ。

勇実と龍治が望月湯へ通い始めた頃からの顔見知りで、親しいというほどではないが、あいさつ程度の話をする。

六兵衛が高座を立ち、湯殿《ゆどの》の爺さんたちに声を掛けた。

「捜し物をしているんで、ちょいと棚を見せてもらってもよろしゅうございやすか？」

爺さんたちは快諾《かいだく》した。六兵衛が自ら、爺さんたちの着替えの棚を改める。しかし、やはり龍治の褌は出てこない。

勇実は頭上を指差した。

「二階の座敷には、今は誰もいないのでしょうか」

「いません。先ほど帰りなすった篠原左馬之進さまの後は、誰も上に行っちゃいませんや。今日はお客が少ない日で、のんびりしたもんなんですよ。女湯のほうは四人ばっか入ってますが、こちらは関わりがないと見てよろしゅうございやしょう」

「ああ。女がわざわざこっちに入ってはこねえだろう。そんなことをすりゃあ、六兵衛親分が勘づくし、六兵衛親分の目をかいくぐったとしても、佐助が黙っているわけがねえ」

不届きなことに、この望月湯でも、のぞきをやらかす者が時たま出る。望月湯の二階の座敷は、階下の女湯をのぞけない造りにしてあるので、当てが外れた男が、まれに女湯に忍び込むのだ。そんなことが起これば、六兵衛がすかさずつまみ出す。

逆ののぞきもあった。勇実も龍治も、ちょうど居合わせた。女が意中の男の裸を見ようと企《くわだ》て、男のふりをして男湯の板の間に紛れ込んだのだ。

これを見つけたのが、佐助だった。なかなか堂《どう》に入《い》った男ぶりだったのだが、佐助の鼻をごまかすことはできなかった。

捜せるところはすべて捜した。だが、龍治の褌は出てこない。

勇実は問うてみた。

「龍治さんの勘違いということはないか？　替えの褌を持ってき忘れたとか」

「俺もまずそれを疑った。でも、さんざん稽古して、汗が乾《かわ》かないうちに湯屋に来たんだぜ。身につけていたほうの褌なら、汗で湿っているはずだ。でも、これ、乾いてるんだよな」

龍治は自分の尻を叩いてみせた。

確かに龍治の言うとおりだ。稽古で体を動かしたのがいちばん短かった勇実でさえ、褌はもちろん、稽古着に染みるほど汗をかいていた。

六兵衛が言いにくそうに言った。

「龍治先生の褌が消えたってぇのは、本当でしょう。実は、この一月《ひとつき》ほどの間に、同じようなことが何度か起こっているんでさあ」

あっ、と勇実は声を上げた。

「それでは、私の褌がなくなったのも、私の思い込みや思い違いではなかったのか」

「勇実さんもか？」

「ああ。私は、気のせいだろうと思っていたんだ。だって、金目のものではなく褌を盗んでいく泥棒なんて、考えにくいだろう？」

六兵衛は微妙な顔をしている。

「女の湯文字《ゆもじ》を盗む輩《やから》なら、それなりによく出まさあね。佐助にも、湯文字泥棒が出たらどうすりゃいいか、きっちり仕込んでいるくらいですよ」

将太が首をかしげた。

「湯文字を盗んで、何になるんだ？　湯文字だけを身につけた女が色っぽいのは俺にもわかるが、湯文字そのものを手に入れたって、中身が入ってなけりゃあ意味がないだろうに」

六兵衛は、眼鏡の奥の目を少し和《やわ》らげた。

「旦那のように健《すこ》やかな了見《りようけん》の者ばっかりじゃあねえんですよ。女の湯文字ってぇのは、言ってしまえば、ただの布だ。しかし、その布を見るだけで欲に駆られちまう男もいる。そいつらの中には、己の欲のために盗みを働く者も、まれにおりやす」

「だったら、男の褌はどうなんだろう？　あの布っ切れを見て、欲に駆られる女や男もいるのか？」

将太は素朴《そぼく》な問いを口にした。それをしまいまで言い終わらないうちに、龍治が顔を引きつらせた。

「よしてくれよ。そいつは薄気味が悪すぎる。絞《しぼ》れそうなほど汗を吸った褌だぞ？　そんなものを好きこのんで、欲に駆られて、持ち去るやつがいるかもしれないだと？」

六兵衛は重々しく告げた。

「失礼ながら、龍治先生や勇実先生のような男前には、あり得ることだと思いやす」

龍治は、がっくりと肩を落とした。勇実はどうにもぴんとこない。男前ゆえと言われても、ぐうたらで無精者《ぶしょうもの》の自分のどこが、と不思議に思う気持ちが強い。

だが、ものを盗まれたことは確かなようだ。しかも、盗んだ者の思惑が知れない。そう考えれば、何とも嫌な感じがした。

龍治は、むくれたような顔で、ぽつんとこぼした。

「こういうときに限って、佐助がいねえんだからな。慰《なぐさ》めてもらおうと思ったのに」

三

菊香が白瀧家を訪れたのは、翌三月六日のことだった。千紘の仕事が終わる頃を見計らって、おやつを持ってきてくれたのだ。

千紘はおやつを手に、呆れて笑ってしまいながら、菊香に昨日の出来事を語った。勇実と龍治が湯屋で褌を盗まれたらしい、という話だ。

「兄上さまったら、褌を盗まれたというのは自分の勘違いだと思ったんですって。初めからつけていなかったかもしれないって。本に夢中になっていたら、何を忘れていてもおかしくないから。もう、信じられないわ」

菊香もついつい、笑ってしまっている。

「勇実さまは大らかですね。ちょっと危なっかしいけれど」

「ちょっとどころじゃないわ。龍治さんは龍治さんで、昨日のことをひどく気味悪がっていたんですよ。正体の見えない相手から、どんな思惑を向けられているかわからない。そう考えると、とても嫌な感じがすると言って」

「道理ですね。肌着を盗まれたり、のぞき見をされたりするのは、女が狙われることが多いでしょう。でも、殿方の身にも起こっているのかもしれませんね。表に出すことができないだけで」

「そういう目に遭うのは女だと思い込んでいるからよね。龍治さんがひどく嫌がっているのも、そのせいだと思うの。龍治さんって、小柄でかわいい顔をしているから、そのぶん、立ち居振る舞いで男らしくあろうと必死になるところがあって」

近頃は千紘もすっかり忘れていたが、十代の頃の龍治は、顔立ちのかわいらしさを人に言われると、怒り出すことが多かった。

それが道場でぶつかり合う相手なら、なおさらだ。木刀を振るえる場であることをこれ幸いとばかりに、龍治は相手を容赦《ようしゃ》なく叩きのめした。

今でこそ、龍治は牛若丸《うしわかまる》と呼ばれ、若い娘の装《よそお》いで武蔵坊弁慶を打ち倒した五条《ごじょう》の橋の決闘の話を出されても、笑って受け流せる。去年の暮れは捕物のために、若い娘に扮したことさえあった。

なぜそんなふうに変わったかといえば、勇実が言うには、剣術の腕に自信がついたからだそうだ。自分は自分だという揺るぎないものを得たから、何でも笑い飛ばせるようになった。

菊香は、もの思わしげにまつげを伏せた。

「でも、やはり心配にはなりますね。望月湯さんには、千紘さんは行っていないのですよね？」

「わたしは、もっと近いところに行くもの。珠代おばさまや、時にはお吉やお光さんとも一緒に。一人で行くことはないから平気よ」

「それはひと安心です。けれど、殿方の下着だけがなくなるというのもね……もしも弟が同じ目に遭ったらと思うと、いい気持ちはしません」

おやつの甘い匂いに、くちなしのほのかな香りが混じっている。菊香の着物や髪から、その香りがするのだ。甘すぎず、さりげなく優しい香りは、菊香によく似合う。

近頃、千紘も菊香の真似をして、香りのする花を乾かしている。自分に似合う香りは何なのかはわからない。ひとまず、庭に咲いた木蓮《もくれん》を使ってみようと思っている。

ふと、庭のほうから足音が聞こえてきた。のんびりとした歩みだ。

「兄上さまね」

千紘が言ったのと勇実が姿を見せたのと、同時だった。

勇実は、縁側の二人に目を留めた。

「おや、菊香さん。いらしていたんですか」

「お邪魔しております。近頃は入りびたってしまって」

「いつでもどうぞ。わざわざ来ていただくのは恐縮ですが」

「こちらにいるほうが、気が楽なのです。また何かあれば、使ってください。わたしは暇《ひま》を持て余していますので」

菊香は先月、千紘が傷《いた》めた足が治るまで、毎日通ってくれていた。大して遠くはないと、菊香は請《う》け負う。実際、菊香は、勇実もちょっと驚くくらいの健脚《けんきゃく》ぶりで、歩みが速い。

千紘は立ち上がった。

「わたし、兄上さまのぶんのお茶を淹《い》れてきますね」

「あ、わたしも手伝います」

菊香も腰を浮かしかけたが、千紘が押しとどめた。

「わたしひとりで十分よ。菊香さんは、兄上さまとお話ししておいて。兄上さまったら、わたしと話すときと違って、菊香さんと話すときはいい笑顔になるんだもの」

勇実は顔をしかめた。

「何を言い出すんだ、千紘」

「あら、照れているのですか？」

千紘はからかって、台所に向かった。

菊香が言うのが聞こえてきた。

「ご自分の妹さまを相手に、よその者を相手にするときのような愛想笑いはしませんよね。ですが、どうぞお気を使わず」

「いえ、愛想笑いというわけでは……」

勇実が下手《へた》な言い訳をするのも聞こえた。

千紘は台所で湯を沸かしながら、じっと聞き耳を立てていた。その耳に飛び込んできたのは、庭を突っ切ってくる龍治の足音と声だった。

「おおい、勇実さん！　望月湯から知らせが来た。今、同心の岡本さまが望月湯に来てるんだってさ。昨日のことを調べるらしい。今すぐ来てくれって！」

千紘は台所から飛び出した。

「おもしろそう！　わたしも一緒に行きます！」

定町廻り同心の岡本達之進は、厄除《やくよ》けの岡達《おかたつ》という通り名がある。また別の通り名を、外れの岡達ともいう。

手分けして張り込みをするとき、あるいは人の護衛をするときに、なぜだか岡本のいる組には下手人が現れない。だから、難を逃れたい人にとっては厄除けであり、手柄を立てたい捕り方にとっては外れなのだ。

その岡本は、ちょうど非番だった。そこへ顔馴染みの望月湯の六兵衛から相談が来た。奇妙な話だということで、足取りも軽く、岡本が自らやって来たのだった。

羽織《はおり》こそ同心らしい黒巻羽織《くろまきばおり》ではないが、非番の岡本も粋《いき》な着こなしだった。

勇実と龍治だけでなく、千紘と菊香が一緒に来たことに、岡本は少し目を丸くした。

「お嬢さんがたも望月湯の客なのか?」

「いいえ。もっと近いところがあるので、わたしはそちらにお世話になっています。菊香さんは八丁堀に住んでいますし。泥棒のことが気になって、来てしまいました。兄も龍治さんも、気味が悪いと言って元気がなかったから、心配だったのです」

しれっと殊勝《しゆしよう》なことを言ってのける千紘に、勇実は何とも言えない視線を向けた。

岡本は、千紘と菊香に神妙な顔で告げた。

「二人とも、先頃は大変な目に遭わせてしまい、すまなかったな。あの後は結局、吉三郎は行方知れずだ。不甲斐《ふがい》ない」

　千紘と菊香は口々に言った。

「不甲斐なくなんてありません。吉三郎が牢《ろう》から出たとき、岡本さまは隠さずに、すぐ教えに来てくださったでしょう」

「ことが起こった後も、すぐに助けを出してくださいました。わたしのことも護衛していただき、心強く感じました」

　岡本は少し柔らかな目をした。

「二人とも、怪我《けが》は治ったか？」

「平気です。ねえ、菊香さん」

「はい。岡本さまが気に病《や》まれることではありませんので」

「そうか。お嬢さんがたが元気そうで安心した。それだけでも、今日、本所まで足を延ばした甲斐があったというものだ」

　岡本は、吉三郎の話をここで切り上げた。

　昼頃に岡本から「八つ半頃（午後三時頃）に着くようにそちらへ向かう」という知らせをもらったときから、望月湯は客を入れるのを止めていた。おかげで、今は一人の客もいない。千紘も菊香も、男湯のほうに案内された。

六兵衛は眼鏡越しに油断のない目を岡本に向けた。

「あっしにも商《あきな》いがありますんで、盗みがあったそのままの様子を保っておくことはできやせんでしたが、今日ここで調べられるところは、すべて調べておくんなせえ」

「ああ。できることなら解き明かして、六兵衛親分にほっとしてもらいたいところだ」

「恐れ入りやす」

「目明かしだった頃はもちろん、退いてからも、ずいぶん力になってもらっているからな。たまには報《むく》いさせてくれ。ところで、あの賢い犬公は？　佐助だったか？」

「へい、佐助です。今は、姿がありやせんね。すぐに戻ってくると思いやすが」

龍治は口を挟んだ。

「佐助のやつ、逢《あ》い引《び》きしてるんじゃないかな。たまに、白いのと一緒にいるのを見るんだ。そういうときに呼んでも、知らんぷりされる」

千紘も、犬の佐助の名は龍治から聞かされている。せっかくの湯屋帰りだというのに、龍治が犬の毛まみれになっていることがあるのも知っている。

　岡本は、まず龍治に昨日のことを尋ねた。いつ頃ここへ来て、どのあたりの棚を使い、どんなふうに動いて、誰と話をしたか。順を追って問いを立てられると、龍治はよどみなく答えた。

「ここに着いたのは暮れ六《む》つ（午後六時頃）より少し前、勇実さんと将太と一緒でした。俺も勇実さんも、二階の棚は使わないんですよ。面倒なので。着物を脱ぐのはいつも、流し場にいちばん近いあたりです。昨日もでした。話した相手は、二階の座敷にいた左馬之進と、後から来た爺さんたちですね」

「使ったのは、どの棚だ？」

　壁に沿ってしつらえられた棚は、上段と下段がある。龍治は、流し場にいちばん近い下段の棚を指し示した。中に、着物を入れておくための竹の籠が置かれている。今はむろん空っぽだ。

「この棚です。上の段や衣紋《えもんか》掛けは使いません。ここに来始めた頃からの癖みたいなもんですよ。上の段や衣紋掛けは、ちょっと高さがあるでしょう？　今は俺でも届くけど、昔は背丈が足りなくて、使いにくかったんですよ」

「なるほど。繰り返しになるが、二階には鍵つきの棚もあるだろう。そこは使わなかったんだな」

「俺は使った試しがありません。いちばん大事な刀や木刀は六兵衛親分が預かってくれているし。だいたい、この湯屋では、鍵を掛けてるやつはあまりいませんよ。そのへんは、岡本さまもご存じでしょう？」

「違いない。六兵衛親分のお膝元《ひざもと》で何かやらかそうという輩は、そうそうおらんな」

千紘はきょろきょろした。

このあたりの湯屋は、男湯と女湯が別になっている。千紘が男湯に入るのは初めてのことだ。

掃除の行き届いた板の間は、女湯のそれとあまり違いがないように見える。唯一、大きく違うのは、男湯には二階へ続く階段がある点だ。それから、毛切りのための石が備《そな》えつけられている点。

菊香は千紘のそばにくっつくようにして、袖《そで》をつんと引っ張った。

「千紘さん、あまりじろじろ見るのは、ちょっと……」

「平気ですよ。今は誰もお風呂を使っているわけではないのだから」

菊香はそれでも、困った顔をしている。

岡本は勇実にも昨日のことについて確かめた。勇実は、龍治が話したことに間違いがないのを認めた上で、話した相手に一人と一匹を追加した。

「六兵衛さんはいつも高座におられるから、もちろん話しましたよ。それから、龍治さんと将太は、風呂に入る前に佐助と遊んでいました」

「ああ、うん、俺は佐助とも話した。あいつとは仲がいいんだ」

龍治はちょっと笑った。

なるほど、と岡本はうなずいた。

「ほかにも何か気づいた点や、勇実どのが龍治どのと違う動きをした点はなかったか？」

勇実は答えた。

「私と将太は、龍治さんより少し遅れて板の間を離れたんです。龍治さんは脱いだものをすべてまとめて籠に入れたように見えました。例えば、褌だけ籠の外に飛び出していたら、私か将太か左馬之進さんか、誰かが気づいて拾いそうなものです」

岡本はうなずき、話をそこでいったん止めた。

次は流し場に赴《おもむ》いた。今は湯を沸かしていないので、流し場には湯気がほとんどない。普段、湯屋を使うときは、流し場は、もうもうたる湯気のせいで人の姿がおぼろげにしか見えないものだ。

流し場の奥に、鳥居の形を模した仕切りがある。ここは石榴口《ざくろぐち》と呼ばれる。龍治でさえも背中を屈めて石榴口をくぐると、湯船がある。小窓が一つあるものの、ほとんど真っ暗だ。

昨日は、先に湯に入った龍治も、修行か何かのように熱さに耐えていたから、その後の動きは、勇実や将太と一緒だった。

勇実たちが流し場に出たところで、顔見知りの爺さん二人が、流し場を突っ切って石榴口へ向かっていった。そのときは湯気の立ち込めた中でぶつからないよう、互いに声を掛け合った。

それから、勇実たち三人は陸湯《おかゆ》をもらって体を流し、手ぬぐいで湯を拭って板の間に戻った。持ってきた着替えを身につけて、帰り支度をしようとしたところで、龍治の褌がないと気づいたわけだ。

女湯では、陸湯をもらう前に糠袋《ぬかぶくろ》を使って体をこすり、垢《あか》をしっかり落とす者がほとんどだ。使い終わった糠は、備えつけられた箱に捨てる。

男客は、勇実や龍治のように糠を使わない者が多いようだが、男湯にも一応、糠を捨てるための箱は置かれている。

千紘は箱をのぞき込んでみた。糠のかすが底のほうに少しこびりついているだけだった。

岡本は、ちょっとからかうような口ぶりで千紘に問うた。

「消えた褌は入っていたか？」

「いいえ。男湯では、自前の桶《おけ》を使う人も少ないのですよね。女湯では皆使っているけれど」

岡本は、千紘からの問いを勇実と龍治に振った。

「昨日会った爺さんたちは、桶を使っていたか？」

勇実は首をかしげ、龍治を見た。龍治も曖昧《あいまい》な感じに唸りつつ、答えた。

「はっきりとは覚えていないし、湯気が立ち込めていたんで、人影がぼんやり見えたくらいですが、桶は持ってなかったんじゃないですかね。よく顔を合わせる相手で、名前入りの桶を作っているのは、小さい子供を連れてくる人だけだと思う」

龍治は確かめるように六兵衛に視線を投げた。六兵衛はうなずいた。

「幼子《おさなご》にゃ湯船の湯は熱すぎまさあね。桶に陸湯をぬるめたのを張って、その桶に幼子を入れて、流し場で待たせておいて、親はさっと湯船につかってくる。

うちの三助《さんすけ》どもは、声を掛けてもらえりゃあ、幼子をしっかり見張っていやすよ」

「佐助も見張り番をするよな」

「へい、龍治先生のおっしゃるとおりです」

なるほどわかった、と岡本はうなずいた。それから、褌がないと気づいてからの動きを勇実と龍治に問い、その答えに従って、板の間の籠や棚を見て回った。

六兵衛は帳簿を手にしていた。

「実は、この一月《ひとつき》で、勇実先生の件も含めると四件、褌が消えているんでさあ。女湯での物取りはありやせん。もしも着物や肌着や小物がなくなっていたんなら、女のほうがはっきりと物申してきやすからね」

「すべて男湯か。しかも、この一月のうちに起こっているんだな」

「そのとおりでございやす。盗みにあったのは、顔馴染みのお客ばかりでさあね。まあ、褌が消えたなんてことを正直に言ってくれるのも、付き合いが長いからでしょう」

岡本は腕組みをした。鋭いまなざしが、じっとあちこちを睨《にら》んでいる。

「六兵衛親分、高座から見えない場所はあるか？」

「見ようと思えば、板の間は男湯も女湯もすべて見えまさあ。湯気がなけりゃあ、石榴口の手前まで見えるようにしていやす。旦那、高座についてご自分で確かめておくんなせえ」

岡本は六兵衛の勧めに従い、ひょいと身軽に高座に上《のぼ》った。そして、ざっと見渡して、指差した。

「階段の裏《うら》っ側《かわ》は、すべては見えんな。人が上り下りすれば、なおさら見えんだろう」

「はあ。でも、ここから見えねえくらい上手に入り込もうと思ったら、それこそ桶に入るくらいの幼子でも、なかなか難しいんじゃねえんですかい？」

「うむ。しかし、ちょっと気になってな。六兵衛親分、その階段の裏のあたりは、床下はどうなっている？」

床下と聞き、六兵衛のまなざしが険しくなった。

「調べてみやしょう」

六兵衛は、年齢を感じさせない動きで階段の裏に飛んでいって、床に膝をついた。千紘は、六兵衛の後ろからのぞき込んだ。

掃除が行き届いているはずの床に、茶色の毛玉が落ちている。

龍治が毛玉を拾った。

「佐助のだ。春と秋にはごっそり毛が抜けて、生《は》え変わるんだよ」

六兵衛は、掌でそのあたりの床を順繰りに叩いていった。音の響きが違うところがある。と思うと、叩いた弾《はず》みで床板が一枚、浮いた。どうやら外れやすくなっているようだ。

岡本はにやりとした。

「これだな。やっぱりだ」

岡本が床にしゃがみ込んだので、六兵衛は場所を譲った。

「何なんですかい、これは」

「実は、前に似たような失《う》せ物捜《ものさが》しをしたことがあってな。そのときも、こんなふうに、人の目につきにくいところに抜け穴があったんだ」

六兵衛の目が険しくなった。

「抜け穴ですと?」

「いや、そう怖い顔をするほどのことではあるまい。見ていろ」

岡本は、浮いた床板の隙間《すきま》に指を差し込み、持ち上げた。その途端、ああっと、誰からともなく声が上がった。

床下の暗がりの中に、茶色の毛並みの犬がきちんとお座りをしていた。

龍治が犬の名を呼んだ。

「佐助」

くうん、と鳴いて、佐助は首をすくめて上目遣《うわめづか》いをした。

四

持ち上げた床板をすっかり外し、提灯《ちょうちん》をつけて床下を照らしてみると、すべてが明らかになった。

尻尾を丸めた佐助の後ろに、白い毛並みの犬が横たわっている。白犬が寝床にしているのは、くしゃくしゃになった白っぽい布に浅葱色《あさぎいろ》の布だ。それが幾枚も折り重なっている。二色の犬の毛も、ふわふわとそこいらに集まっている。

白犬のほうは、どうにか体を起こしたものの、こちらへ近づこうとしない。気弱そうな黒い目で、こちらを見上げている。

勇実は、何となく合点《がてん》がいった。

「龍治さん、あそこにあるやつだよな？　この板の間で消えた、褌」

「そうみたいだな。六兵衛親分は四件って言ったが、もっとありそうだ」

「褌を持っていったのは佐助だった。床下に運んで、寝床にするためだったのか」

話の中で名を呼ばれたことがわかったのだろう。佐助は、さらに申し訳なさそうに、ぺたりと耳を伏せた。

六兵衛が拍子抜《ひょうしぬ》けした様子で言った。

「板の間稼ぎの姿が見えなかったのは、正体が佐助だったからか。佐助なら、ちょいと棚をのぞいているところを見たって、あっしもそれが盗みのためとは思わねえ。そして、高座から見えねえ床下に、客のいない隙を突いて褌を引っ張り込むたあな」

岡本は、やれやれと頭を振った。

「前に出くわした件は猫だったが、こたびは犬かい。猫にせよ犬にせよ、人が思うよりずっと頭がいいものだ。この床下のねぐらには、いくつか出入り口があるんだろうな。白いほうの犬は、ここと違うところから入り込んだのだろうから」

菊香が口元を袖で隠し、くすりと笑った。

「物取りにあったと思ってしまった殿方たちには申し訳ありませんが、何だか、ほっとしました。佐助ちゃんも、大事なお嫁さんと赤ちゃんのために一生懸命だっただけなんでしょうね」

千紘は目を丸くした。

「赤ちゃん？」

「ええ。あの白い犬、おなかが大きくなっていますよ。うちでは昔、雌《めす》の犬を飼っていました。わたし、その犬のおなかがああいう様子になったところを見たことがあるんです。もうまもなく子犬が生まれるのではないかしら」

龍治が何とも言えない顔をして、声を上げずに、叫ぶようなそぶりをした。白い雌犬を驚かさないためだろう。

かと思うと、龍治はいきなり床下に上半身を突っ込むようにして、佐助を抱えて引っ張り上げた。龍治は佐助の体を高く掲げ、それからぎゅっと抱き寄せ、仰《あお》向《む》けにひっくり返った。

「佐助、おまえ、そういうことならちゃんと教えてくれよ。嫁さんと赤ん坊のための布団がほしかったんだな。教えてくれりゃあ、もっとちゃんとした布団をこしらえてやったのにさ」

きょとんとしていた佐助だったが、怒られないとわかったようで、遠慮がちに尻尾を振った。龍治は鼻と鼻をくっつけて、佐助の黒い目をのぞき込む。それから再び佐助を抱き寄せて、もふもふした毛並みに顔をうずめた。

「もうすぐおまえも親父かよ。くそ、うらやましいな、この野郎。元気な赤ん坊が生まれてくりゃあいいな」

佐助は、くるりと丸まった尻尾をせわしなく振った。舌を出した顔が、愛嬌《あいきよう》たっぷりに笑っているように見える。

千紘は、龍治と佐助の傍《かたわ》らにしゃがみ込んだ。

「佐助ちゃんと龍治さん、笑った顔がそっくりね」

仰向けになったままの龍治は、佐助の毛玉がくっついた頰《ほお》にえくぼを作った。

「そうだろ？　佐助はいい顔で笑うんだ」

千紘は佐助の頭を撫でてやると、そのついでのように、龍治の頰の毛玉を取ってやった。

勇実は、渋い顔をしている六兵衛に言った。

「これで謎《なぞ》が解けましたね」

「解けやしたね。褌が消えたってえ話をした人は皆、下の段の棚を使う人でさあ。佐助はなりが小さいんで、上の段にゃあ届かねえ」

「佐助にとって顔馴染みで、安心できる匂いのものを持ち去ったというところでしょうか」

「何にしても、あっしは申し訳ねえ。本当に面目ねえことです。ご迷惑をおかけしやした。褌は、新しいのを差し上げやす」

勇実は苦笑し、かぶりを振った。

「お気遣いなく。六兵衛さんが悪いのではありませんし、佐助が盗みを働いてしまったわけもわかりましたから」

龍治は佐助を抱きかかえたまま、ひょいと身を起こした。

「六兵衛親分、子犬が生まれたらどうするんだ？」

「さて。何匹生まれるのやらわかりやせんが、数が多いようなら、お客に声を掛けて、引き取ってもらうことになるでしょうな」

「俺も飼いたい。なあ、勇実さん。うちで飼ってもいいと思わねえか？」

いきなり子供のようなことを言い出した龍治に、勇実は腕組みをしてみせた。

「こっそり連れ帰るんじゃないぞ。与一郎先生や珠代おばさんに訊いてからでないと、飼っていいかどうかなんて、答えを出せないだろう」

千紘が目を輝かせた。

「だったら、わたしからもおじさまとおばさまに頼んでみるわ。かわいい犬がいたら素敵だと思うもの」

「しかし、犬は十年くらいは生きるだろう？　面倒を見切れるのか？　おまえは……」

勇実は言葉を呑《の》み込んだ。

千紘、おまえはいつまで今の暮らしを続けるつもりなんだ？　よそに嫁《とつ》ぐかもしれないとは考えないのか？　もしかして、白瀧家を出ても、境の垣根《かきね》の壊れた木戸でつながった、矢島家に嫁ぐつもりがあるのか？

勇実が声に出さなかった言葉を、千紘はどれだけ感じ取ってくれただろうか。いや、何も察しなかったのかもしれない。

龍治が、ことさらに明るい声を出してみせた。

「ちゃんと最後まで子犬の面倒を見てやれるよな、千紘さん。よし、親父とおふくろに頼み込もうぜ。だから、佐助の嫁さんよ、元気な赤ん坊を産んでくれ。うちで預かることになったら、ちゃんと会わせてやれるからさ」

めったに吠えない佐助が、龍治に返事をするように、小さく優しげな声で、ワフッと鳴いた。

外に出ると、もう夕暮れが近づいていた。春霞《はるがすみ》の空は、にじんだような橙色《だいだいいろ》に染まっている。

龍治は体じゅうに佐助の毛をくっつけていた。千紘が文句を言いながら、毛を取ってやっている。

「もう、お洗濯をする珠代おばさまやお光さんのことも考えてください。こんなに毛だらけにしちゃって」

「千紘さんが俺の着物の洗濯をするわけじゃないだろう。どうして小言をぶつけられなきゃならないんだよ」

口では不満そうなことを言いながら、その実、龍治はいたずらっぽく笑っている。

龍治は、千紘の手から逃れようと身を躱した。千紘も躍起《やっき》になって追い掛ける。そうこうするうち、ぐるぐると走り回って、二人は勇実や菊香よりもずっと先へ行ってしまう。

勇実は、少し後ろを歩いてくる菊香のほうを振り向いた。

「ずいぶん遅くなってしまいましたね」

「ええ。気がついたら、こんな刻限でしたね。楽しい時は、あっという間に過ぎてしまいます」

「菊香さんが屋敷に帰り着く頃には、真っ暗になってしまうでしょう。帰り道、お送りしましょうか？」

　そんな言葉が何気なく口をついて出たので、勇実は内心、驚いた。

　菊香はふわりと微笑《ほほえ》んだ。

「お気遣い、痛み入ります。ですが、大丈夫です。勇実さまのお屋敷に戻れば、弟が迎えに来てくれているはずですから」

「ああ、貞次郎さんが。姉上さま想いの、いい弟さんですね」

「あの子は少し、甘えが過ぎる気もしますけれど」

「今のうちにたっぷり甘えさせてあげればいいではありませんか。貞次郎さんは、お父上のお役の見習いも、もう始めているのでしたね」

「ええ。あの子は、これからどんどん、わたしから離れていってしまうでしょう。縁談がまとまれば、こんな姉より、許婚《いいなずけ》を大切にしてもらいたいものです」

　夕日を浴びる菊香は寂しげでありつつ、誇《ほこ》らしげに微笑んでもいる。こんな姉、という言い方が痛々しい。菊香は、菊香自身をずいぶん低く見積もっている。それが勇実にはもどかしい。

道の先のほうで振り向いた千紘が、大きく手を振った。

「兄上さま、菊香さん、早く！　そんなにのんびりしていたら、日が暮れて真っ暗になってしまいます！」

勇実はため息をついた。

「大声を出すなんて、はしたない。いくつになっても、おてんばが直らんものだ」

菊香はくすくすと笑うと、顔の横のあたりで手を振って千紘に応えた。それから、顔を上げて勇実をまっすぐに見つめた。

「千紘さんの言うとおり、急いでまいりましょうか」

なぜ急ぐ必要があろうかと、思ってしまいもする。のんびりと歩みを進めるほうが勇実は好きで、菊香も今はそれに合わせて歩いてくれる。ただ、この居心地のいい歩みを続けるには、春の日が西へと沈んでいくのがいささか速すぎるのだ。

勇実は、わがままな思いを胸の内に押し込め、ただ静かに微笑んだ。

「そうですね。急いでまいりましょう」

歩幅を大きくした勇実から少しだけ遅れて、小さな歩幅のまま足を速めた菊香がついてくる。隣を歩いてくれるなら、横顔くらいは見えるのに、菊香は勇実から少し遠い。

千紘と龍治は、まだ追い掛けっこをしている。勇実は、菊香の足音を背に聞きながら、歩いている。

春の埃《ほこり》っぽい風が渡っていく。

若葉の青い香りを、勇実は胸に深く吸い込んだ。

この作品は双葉文庫のために書き下ろされました。

双葉文庫

は-38-03

拙者《せつしゃ》、妹《いもうと》がおりまして❸

2021年10月17日　第1刷発行
2022年 6 月28日　第2刷発行

【著者】
馳月基矢《はせつきもとや》

【発行者】
箕浦克史
【発行所】
株式会社双葉社
〒162-8540 東京都新宿区東五軒町3番28号
［電話］03-5261-4818(営業部)　03-5261-4833(編集部)
www.futabasha.co.jp(双葉社の書籍・コミックが買えます)
【印刷所】
中央精版印刷株式会社
【製本所】
中央精版印刷株式会社

【フォーマット・デザイン】
日下潤一

ISBN978-4-575-67079-0 C0193
Printed in Japan